KB142156

아무것도
아닌
지금은
없다

웃었던 날들을 모으면
행복이 되고

좋아했던 날들을 모으면
사랑이 되고

노력했던 날들을 모으면
꿈이 된다

가지지 못해 부족하다 느끼기엔

우리는
앞으로 모을 수 있는 날들이 너무 많다

아무것도
아닌
지금은
없다

글배우 지음

 쌤앤파커스

2
나는
오늘도
조금 더
성장한다

네가
가고 싶은 길이 있다면

그곳은
가도 되는 멋진 길이다

이 한 문장이 한 걸음 내딛는
용기가 되기를

작가가 된 지는 1년 반이 조금 넘었습니다.
원래는 의류 사업을 했습니다.
그러다 사업에 실패하고 과로로 쓰러져
6년간의 사업을 모두 접어야 했습니다.

눈물도 나고
힘들고
무너지고 무너지고 또 무너져 내렸습니다.
다시 시작할 힘이 없었습니다.

마음을 닫고, 2년간 숨었습니다.
도망치고 도망쳐야, 그래야 살 수 있을 것 같아
도망친 곳에서 제 자신을 미워하며 많이 울었습니다.
'너는 실패했어. 이것밖에 안 돼.'
그러던 중 우연히 어떤 책에서

하나의 글귀를 보게 되었습니다.

그래… 그래도 잘했다.

그 글을 보고 너무 많은 눈물이 났습니다.
눈물이 나고 눈물이 나고
그렇게 눈물을 다 흘리고는
조금 웃을 수 있게 되었습니다.

그 눈물은 그전 눈물과는 달랐습니다.
내가 미워서 나는 눈물이 아니라
미워만 했던 자신에게 미안해 나는 눈물이었습니다.

그 후로 저를 위로하기 위한 글들을 적었고
그 글들을 인터넷에 올리며
저는 약간의 허명을 얻고 작가가 되었습니다.
혹시 저와 같이 지쳐 도망치거나,
도망치고 싶은 사람들이 있다면 말해주고 싶었습니다.

그래서 두 해 여름 동안 서울 마로니에 공원에서
37일간 또 한 번은 30일간 텐트를 치고
고민 있는 사람들이 찾아오면 위로의 글을 적어주고,

또 1년간 고민을 찾아가는 '새봄 프로젝트'를 하며

아무것도 아닌 지금은 없다 ——— 012

사연을 보내오면 배낭을 메고 전국을 다니며
직접 찾아가 고민을 듣고
고민의 끝에는 이렇게 말해주었습니다.

그래도…
그래도 잘하셨습니다.

이 책을 읽는,
열심히 살아온 당신이 지쳤다면
지금이 원치 않는 모습이어도
잘한 게 맞습니다.
열심히 했으니까요.

열심히 한 자신을,
미움을 멈추고
따뜻하게 한번 바라봐주세요.
그때 눈물이 난다면
스스로가 스스로를 너무 많이 미워했다는 증거예요.

그렇게 따뜻하게 바라본다고
당장 어려움이 해결되진 않겠지만
어려움을 헤쳐나갈 용기가 다시 생길 수 있게
바라봐주세요.
힘든 순간도 많았을 텐데

서투른 걸음으로 여기까지 걸어오느라 고생하셨습니다.

이 책은 단순히 위로로 끝나는 책이 아니라
2,000명의 고민을, 직접 한 사람 한 사람 만나며
나누었던 이야기를 바탕으로
실질적으로 마주한 고민에서 빠져나올 수 있는
방향을 말하기도 합니다.

평범한 이야기가 될지도 모릅니다.
우리의 고민은 비슷하거든요.

그래도 이 책의 어느 한 문장이
오랫동안 멈춰 있던 당신의 발걸음을
다시 한 걸음씩 나아가게 할 수 있기를 희망합니다.

1년 반 전 저처럼
또 어느 순간에 지쳐 멈출 수도 있겠지만
이제는 아무도 나를 응원해주지 않을 때도
나는 나를 응원하려고 합니다.

당신도 언제나
당신의 인생을 가장 열심히 살아가는
'나'를 응원해주기를 바랍니다.

○

내가 좋아하는 한 가지 색으로만
인생을 그릴 수 없다는 걸 깨달았다

때론 어두운색으로 지친 모습을,
때론 어울리지 않는 어색한 색으로 웃는 모습을,
때론 어디에도 나아갈 수 없는 곳에
희망의 색을 그려야 하기에

그래도 포기하지 않기로 했다

나는 세상에 하나뿐인
가장 멋진 무지개를 그리는 중이니까

○

지금 당신을 괴롭히는 고민은 무엇인가요?
여기에 당신의 고민을 적어보세요.

_____

_____

_____

_____

_____

이 책의 마지막 페이지를 덮었을 땐
그 고민의 무게가 이겨낼 수 있을 만큼
작아져 있기를 바랍니다.

괜찮을 거예요.
여기까지 오느라 당신은
이미 강해진 사람이기에.

1

아무것도 늦지 않았다,

꿈을 꾸는 사람이 되기에

삶에 의욕이 없을 때는
억지로 힘내지 않아도 된다

삶에 의욕이 없을 때는
억지로 힘내지 않아도 된다.

의욕이 없을 땐 운동을 하거나
좋아하는 걸 하라고 하지만
의욕이 없는데 운동이나 좋아하는 걸 어떻게 하겠는가?

마음 없이 억지로 하는 행동은 모두
나를 더 지치게 할 뿐이다.

지금까지 인생을 살면서 단 한 번도
의욕 있던 날이 없었다면 문제가 되지만
그런 게 아니라면 의욕이 없는 걸
부정적으로 받아들일 필요는 없다.
단지 열심히 달려왔기 때문에 지친 것뿐이니까.

이천 미터 달리기를 하고 나면
누구나 더 뛰고 싶은 의욕이 사라진다.
좋은 결과가 있든 없든
노력이 보이든 보이지 않든
나름대로 그동안 열심히 달렸기 때문에 지친 것뿐이다.

긍정의 글귀나 주위 사람의 활기를 보며
"나는 왜 지금 저렇게 못할까?"
스스로 잘못 살고 있는 것처럼 생각해
억지로 의욕을 쥐어 짜내지 말자.

오히려 의욕이 없을 때까지 열심히 해온 나를,
의욕이 없음에도 해야 할 일을 묵묵히 해나가는 나를,
고생했다고 다독여주자.

배터리가 나간 핸드폰을 켜는 방법은
켜질 때까지 전원 버튼을 누르는 것이 아니라
충분한 충전뿐이다.

의욕이 없다면
최소한의 꼭 해야 할 일만 하며
몸과 마음을 충분히 쉬자.

그렇게 충분히 쉬다 보면

다시 달리고 싶은 마음이 어느새 내 안에 생긴다.
그때 다시 달려도 늦지 않는다.

나는 6년간 해왔던 의류 사업에 실패한 뒤
2년을 아무것도 하지 않고 쉬었다.

지금 생각해보면
그때 쉴 수 있는 용기를 낸 것에 감사한다.
그때 그 상태에서 쉬지 않고 계속 달리기만 했다면
지금도 의욕 없는 상태로 하루하루를 살고 있을 테니.

의욕이 생기게 하는 방법은
없는 의욕을 짜내는 게 아니라
충분한 휴식이다.

그동안의 노력을 돌아봐 주자.
당신은, 생각보다 먼 길을 달려왔다.

바람도 쉬고
햇살도 쉬고
별들도 쉰다
더 먼 내일을 위해
당신도 쉬어가길 바란다

○

다들 힘내라고 하는데

그 말이
크게 와닿지 않을 때가 있다

지금 정말 힘들어서

그럴 때는
그냥 힘들어해야 한다

지금 힘들어한다고
인생이 잘못되는 건 아니니깐

힘들 땐 힘들어하고
힘 날 땐 또 힘내서 걸어가고

○

씩씩하자
그리고 울지 말자

행복하고 싶은데
행복하지 않다면

일이 끝나고 집으로 돌아가는 길에
친구에게 전화가 왔다.

자기가 생각했을 때는 친구 중에
내가 제일 듬직하고 믿음직스럽다며
갑자기 칭찬을 하더니 전화를 끊었다.

사실인지 아닌지는 모르지만 기분이 좋았다.

*

어느 날은 저녁을 못 먹고 집으로 가는 길에
치킨과 맥주를 시켜놨다는 형의 문자를 보고
기분이 좋아졌다.

결국 그날 저녁에 일이 생겨
치킨과 맥주를 먹지 못했지만
분명한 건 그 말을 들었을 때 기분이 좋았다는 것.

*

어느 날은 바쁘게 일정을 마치고 집으로 돌아와
평소 같았으면
"힘들어 죽겠다. 날씨는 왜 이렇게 덥냐."
연신 말했겠지만

그 말 대신 나에게
"오늘 엄청 더웠는데 돌아다니느라 고생했네"라고
여러 번 말한 뒤 잠이 들었다.

*

세 가지 이야기에는 세 가지 공통점이 있다.

첫째, 내가 세 가지 상황에서 기분이 좋고 행복했다는 것.
둘째, 나를 행복하게 한 건 모두 '말'이었다는 것.
셋째, 그 말이 실제 사실인지 아닌지,
이루어진 일인지 아닌지는 상관없었다는 것.

우리는 행복해야 하는 사실을
누구보다 스스로 잘 알고 있다.

그러나 쉽지가 않다.

세상일은 언제나 어렵고,
뒤처지는 건 아닌지 불안하고
가끔 찾아오는 여유 뒤에는
걱정도 자주 찾아온다.

어떻게 행복할 수 있을까.

우리의 행복에 대한 대답은
모두 '말'에 있을지 모른다.

친구가 나에게 말한 게
정말 사실인지 아닌지는 중요하지 않았다.
치킨을 지금 먹든 못 먹든 그건 중요하지 않았다.
내가 그날 더위에 돌아다닌 일이
정말 많이 돌아다닌 것인지
엄청난 더위였는지는 중요하지 않았다.

중요한 건 사실과 상관없이
긍정적인 말이 기분을 좋게 했다는 거다.

외로운 날에는 친구의 말을 듣고 기분이 좋아지고.
배고파서 기분이 안 좋을 땐
형의 이야기를 듣고 기분이 좋아지고.
무더운 날에는 나 자신에게 한 말을 듣고
기분이 좋아지고.

주위를 둘러보면 말을 예쁘게 하는 사람이 있다.
그런 사람 곁에 있으면 덩달아 기분이 좋아진다.

그러나 그런 말을 많이 할수록
가장 기분이 좋아지는 사람은 나 자신일 것이다.

정해진 답이 있는 상황이 아니라면
옳고 그름이 구분된 상황이 아니라면

주어진 상황을 긍정적으로 생각하고
긍정적으로 말하는 것만으로도
나와 주위 사람은 모두 행복해질 것이다.

말뿐인 행복이
무슨 소용이 있느냐고 말할 수 있겠지만
생각해보자.

내가 행복을 느꼈던 순간들을….

내 마음을 알아주는 말
내가 듣고 싶어 하는 말
내가 좋아하는 말

모두 말에 있었다.

오늘의 대단한 행복은
언제 시작될지 모르지만
행복은 언제든 말로 시작할 수 있다.

이 글을 읽은 뒤
당신의 작은 행복이 시작되기를 바란다.

○

밥은 먹었어?
오늘 어땠어?
내일은 뭐 해?

별말 아닌데도
그 말들이 있어
내가 소중한 사람이구나
느끼게 해주는 날이 있다

어른이 된다는 걸
슬퍼할 필요 없다

어른이 된다는 걸 슬퍼할 필요 없다.

모든 어른이 우울하고 상처투성이고 버티기만 하는
불행한 삶을 사는 것은 아니다.

어릴 땐 떠서 먹여주는 음식만 먹었다고 하면
어른이 된다는 건 세상 온갖 맛있는 음식을
마음껏 스스로 선택할 수 있는 자유가 주어지는 것이다.
그 대신 원하는 자유만큼, 갖고 싶은 자유만큼
스스로 책임을 지게 된다.

자유롭게 살고 싶은데
자유롭게 살 수 없는 어떤 이유와
스스로 타협해 결정해놓고
하기 싫은 일을 하면서

남들의 자유를 부러워하는 건
어른이 돼서 힘든 게 아니라
그냥 욕심이 많아서 힘든 것이다.

간혹 그냥 아무것도 안 하고
살고 싶다고 하는 사람도 있다.

그러면 스스로에게 물어봐야 한다.

정말 단 한 번뿐인 인생인데
아무것도 안 하고 살고 싶은지.
아니면 어떤 것도 잘할 자신이 없어
아무것도 안 하고 싶은 건지.

진짜 어른은 자신이 원하는 자유를 선택하고
선택한 만큼의 책임과 두려움을 짊어지는 사람이다.

나이가 든다고 어른이 되는 것도 아니고
돈이 많아야 어른이 되는 것도 아니다.

자유롭게 살아도 힘들고
자유롭게 살지 않아도 힘들다.

그러나 이왕 어른이 된다면

인생에서 아주 멋진 어른이 되고 싶다.

지금 이 순간 멋진 어른이 되기 위해
자신의 자유를 위해 노력하는
모든 청춘의 용기에 박수를.

청춘은 꺼지지 않는 별이다.

○

어렸을 때 쉬워 보였던 인생은
크면서 점점 어려워집니다

어렸을 때 크기만 했던 꿈들은
크면서 점점 작아집니다

어렸을 때 꼭 가볼 거라 다짐했던 곳들은
크면서 점점 멀게 느껴집니다

난 아직 준비가 안 되었는데
이대로 어른이 된 것 같아
세상이 더 무섭습니다

남들이 뭐래도 신경 쓰지 말아요
당신의 삶을 완성할 수 있는 건
오직 당신뿐입니다

나는 나를 응원한다

나는 2년 전 취업을 하기 위해
늦은 나이에 학교로 돌아갔다.

6년간 꿈을 가졌지만 실패했고
또다시 꿈을 좇는다는 게, 남들의 시선이 무서웠다.

남들은 부모님 용돈을 드리고 좋은 옷을 사드릴 나이에
계속 꿈을 좇는다는 게,
가난함과 사람들 시선이 무서웠다.

'늦었지만 작은 회사라도 취업해 평범하게 살아야지.'

남들이 다니니까 학원에 다니고
주어진 과제를 하고 또 자격증을 준비하고
매일 열심히 했지만

행복하지는 않았다.

그래도 모두 그렇게 현실을 산다는 생각에
스스로를 위로했다.

하루 중에 유일한 행복은
자기 전 책상에 앉아 글을 쓸 때였다.

어느 순간부터 내가 나에게 해주고 싶은 말들을
한 자, 한 자 적는 시간이 기다려지고 좋았다.

결과만을 내놓으라 말하는 현실에서
잠시, 아주 잠시
도망칠 수 있는 시간인 것 같아서.

그러나 가끔 작가가 되는 모습을 상상할 때면
독하게 마음먹고 생각을 지웠다.
또 어려운 꿈을 좇아 현실에서 뒤처질까 봐.

그러던 어느 날
선배 중 한 명이 취업을 포기하고 창업을 한다며
모두의 반대에도 불구하고 학교를 나갔지만
결국 창업에 실패했다.

그러나 꿈에서 멀리 도망칠 줄 알았던 선배는
또다시 그 일을 준비한다는 것이었다.

"선배, 꿈 그거 제가 6년을 해봐서 아는데
좋아하는 일을 한다는 건 정말 어려워요.
아무리 열심히 해도 결과가 없으면
아무도 인정해주지 않고
노력과 상관없이 실패했을 땐
남들보다 더 뒤처져 있는 자신만 남게 되니깐."

"동혁아, 나는 지금 내 모습이
뒤처지는 거라고 생각하지 않아.
인생이 흰 도화지에 그림을 그려나가는 거라면
나중에 자신이 좋아하는 그림을 가장 많이 그린 사람이
자기 인생에서는 가장 성공한 인생 아닐까?"

"물론 힘들지. 앞으로도 더 많이 실패할지 몰라.
하지만 그래서 멈추는 게 아니라
그럼에도 불구하고 난 내가 원하는 그림을
그려나가고 싶어.

못 그리는 그림도 계속 그리다 보면
어느새 처음보다 훨씬 나아져 있을 거야."

그 말은 작은 용기가 되었다.

억지로 꿈을 지우지 않고 계속 꿈을 그릴 수 있다면…
좋겠다.

다시 한 번만,
한 번만 더 해보자.

그때부터 편의점 야간 아르바이트를 하고
4시간씩 자며
원하는 글을 쓰기 위해 공부하고 매일 글을 썼다.

주위의 시선과
현실을 말하는 사람들의 소리에
눈과 귀를 닫았다.

대가가 없을 땐 결과가 아닌 내 노력을 의심했다.

'열심히'는 다 열심히 하니까….
'열심히'만으로는 되지 않아.
'열심히'가 아닌 최선을 다해야 해.

최선을 다한다는 건
정말 할 수 있는 모든 걸 쏟아냈다는 거니까

어떤 결과를 받아도 후회가 남으면 안 된다고 생각했다.

그래서 1년 반 동안 매일매일
결과가 없음을 두려워한 게 아니라
후회가 남을까를 두려워했다.

외로웠다.

꿈을 갖는다는 건 어두운 밤하늘에
홀로 떠 있는 외로운 별이 되는 것과 같다.
아무도 결과 없는 노력을 비춰주지 않으니까.

하지만 잊지 말자.
그 별은 누군가 비춰주지 않아도
이미 스스로 밝게 빛나는 멋진 별이라는 걸.

그렇게 1년 반이란 시간이 지나
나는 작가가 되었다.

꿈이 있어도 되고 없어도 되지만
이 글을 읽는 누군가도
스스로 만족할 수 있는 삶을 위해
마음속에 품은 용기를 낼 수 있기를 응원한다.

흰 도화지에 남들이 보기에 좋은 웃음만이 아닌
'내가' 진정으로 웃을 수 있는
나의 웃음도 그려나갈 수 있게.

아무것도 늦지 않았다.

우리의 인생에서 젊은 날이란
나이의 숫자가 적은 때가 아닌
마음에 열정이 가득 찬 때를 말하는 거니깐.

가장 높이 나는 새도
가장 낮은 곳에서 먼저 날았으니

그동안 할 수 없다 숨겨놨던 멋진 날개를 펼쳐
낮은 곳에서 높은 곳까지
멋지게 날아오를 수 있기를.

파이팅!

○

웃었던 날들을 모으면
행복이 되고

좋아했던 날들을 모으면
사랑이 되고

노력했던 날들을 모으면
꿈이 된다

가지지 못해 부족하다 느끼기엔
우리는
앞으로 모을 수 있는 날들이 너무 많다

가진 게 없어
부족한 사람이라고 하기엔

네가 가진 꿈이
너무나 멋있다

완벽하지 않은
하루를 살아가는
우리 모두에게

대학 강연 중 있었던 일이다.
강연을 듣던 학생이
자신이 바라는 모습과 지금의 자신이 너무 달라
힘들다며 눈물을 흘렸다.

말하지 못했지만 속으로 나도 눈물이 났다.

나도 늘 완벽해지기 위해 애썼다.

10년간 했던 운동을 부상으로 그만두고
새로운 환경에 적응해야 했을 때.
사업에 실패해 뒤늦게 학교로 돌아갔을 때.
글을 쓰면서도 나에게 주어진 관심이 지워질까
불안에 떨며 매일 글을 쓴 일들.

나는 늘 완벽할 수 없는 나를
늘 완벽해야 한다고 생각해 힘들었는지 모른다.

저녁 무렵 집에 돌아오는 길에
나뭇가지 하나가 부러져 떨어져 있었다.

너도 완벽하기 위해 버티고 있었지만
결국은 부러졌는지 모른다.

아무도 없는 공원에 혼자 떨어져 있어 그런지
측은해 보였다.

다음 날 아침
밖에 나와 보니
아이들이 나뭇가지로
집을 그리고 성 위에 깃발을 만들며
웃고 즐거워하며 놀고 있었다.

부러진 나뭇가지는 나무로 완성되지 못했지만
또 다른 웃음 하나를 완성했다.

우리 삶에 정답은 완벽에 있는 것이 아닐지 모른다.

세상에 그 어느 것도 완벽한 것은 없기에

완벽하려는 생각 자체가
지지 않아도 되는 너무 많은 무게를 지게 한다.

완벽한 자식
완벽한 부모
완벽한 연애
완벽한 미래
완벽한 과거
완벽한 친구

우린 완벽하지 않아도
누군가에게 웃음을 줄 수 있고
누군가에게 사랑받을 수 있고
미래에 희망을 가질 수도 있고
과거를 있는 그대로 추억할 수 있다.
우리의 힘든 이야기는 때론 감동이 되기도 한다.

우린 완벽하기 위해 살아가는 게 아니라
이 세상에 나를 기다리고 있는 더 많은 웃음을 찾고
멀리 있지만 때로는 가까이에도 있을
기쁨을 만나기 위해 사는 것일지 모른다.

완벽해지기 위해 마음에 올려둔
무거운 바위를 잠시 내려놓자.

완벽하지 않았던,
앞으로도 완벽할 수 없는
나와 당신의 모습을 보며
작은 나뭇가지는
이렇게 말하고 싶은지도 모른다.

완벽하지 않아도
지금 충분히 아름답다.

○

앞이 깜깜하고
앞이 보이지 않을 때가 있죠

오늘이 그랬나요

그랬다면 당신은 대단한 거예요

그 힘든 하루를 또 참아냈으니까

○

열심히 살았다

졸린 눈 비비며 아침에 일어나
녹초가 된 몸을 이끌고 집에 오고

잘했든 못 했든
항상 조마조마하며

넘어지면 큰일 날세라
버티고 버텼던 하루들

열심히 살았다
당신은

난 지금 이 순간에
행복해야 한다

돌이켜보면 나는 되고 싶었던 작가가
되고 나서도 행복하지 못했다.

매일 쫓기듯 살았고
새로운 목표를 성취해도 그때뿐이고
성취가 없을 때는 오랫동안 좌절했다.

사람들에게 매일 행복에 대한 글을 쓴 것도
사실 내가 행복하지 않았기에
행복해지고 싶어서였는지 모른다.

그러던 어느 날
강연장에서 누군가 물었다.

"작가님은 지금 행복하세요?"

거짓으로 "네"라고 대답하고
그날 집으로 돌아가는 길에
스스로에게 한참을 물었다.

'나는 왜 행복하지 않을까?'

그러다 문득 내 행복은 무엇일까 생각하게 되었고

내가 생각하는 행복은
대부분 현재가 아닌 미래에 있다는 걸 깨달았다.

강연을 더 잘하면 행복할 것 같고
원하던 곳과 계약이 되면 행복할 것 같고
걱정하는 그 일이 일어나지 않으면 행복할 것 같고
가고 싶은 여행지로 미래에 휴가를 가면 행복할 것 같고

그렇게 살아온 삶을 뒤돌아보니
행복한 날들은 없었고
행복을 바랐던 날들로만 가득했다.

지금 행복하지 않다면
당신의 행복을 전부 미래에 두었기 때문일지 모른다.

많은 사람이

행복은 미래에 있을 거라 생각하지만
행복은 늘 현재에 있다.

삶은 계속해서 현재이기에.

지금 행복하지 않다면
미래에도 행복할 수 없다.

미래에도 올지 안 올지 모르는
또 다른 행복을 기다리다
현재의 행복을 놓칠 테니까.

지금 행복하라는 말에 누군가는 말한다.

"일 안 하고 직장도 그만두고
놀기만 하고, 여행도 다니고 싶은데
그렇게 하고 싶은 것 다 하면서 살면 돼요?"

도덕적으로 어긋나지 않는 선에서
그렇게 하고 싶다면 그렇게 하면 된다.

그런데 그러려면 경제적 여유가 있어야 하기에
우선 일을 해야 할 테고
일을 열심히 해서 노는 시간을 확보해야 한다.

자신의 인생을 스스로 책임지지 않고
아무것도 하지 않고 놀기만을 바라는 건
행복이 아니라 그냥 방치이고 욕심이다.

지금 상황이 만족스럽지 않다면
노력을 통해 만족할 수 있는 방향으로 변화하면 되고
노력이 싫다면
지금 상황에 만족하며 살면 된다.

만족도 하기 싫고 노력도 하기 싫은 사람은
자신이 불행할 수밖에 없는 이유를 찾고
스스로 그럴 수밖에 없다고 합리화하며
주위 사람들에게 자신이 얼마나 불행한지 얘기한다.

스스로 부정의 기운을 택하는 것이다.

삶에서 모든 것이 내 마음대로 된,
완벽한 순간의 행복을 기다린다면
그런 순간은 살면서 거의 없기에 행복할 수 없다.

우린 완벽한 행복을 찾기 위해
인생의 여정을 떠나는 것이 아니라
최선의 행복을 찾아가며
그 여정 속에서 행복하기 위해 살아가는 것이다.

무언가 잘하기 위해 노력이 필요하듯
행복도 연습이 필요하다.

오늘부터 작은 행복을 적는 연습을 해보자.

하루에 행복 3가지,
한 달이면 90가지,
3개월이면 놓쳤던 270가지의 행복을 적을 수 있다.

작은 행복을 적기 위해
매일매일 작은 행복을 찾는 여정을 시작해보자.

살면서 모든 게 원하는 대로 이루어진 상황,
큰 행복은 몇 번 오지 않을 수 있지만
익숙하기에 놓쳤던 작은 행복은
늘 곁에 있다.

친구, 날씨, 좋아하는 커피, 퇴근 후 영화, 치맥,
친구와 통화, 책, 노력하는 자신,
좋아하는 방송 프로그램, 음악, 여행, 음식,
가족, 연인….

당신이 행복이라 생각하면 행복이 되고
당연함이라 생각하면 당연함이 되는 그것들.

우리가 미래에 두어야 할 것은
행복이 아니라 잘될 거라는 희망이다.

현재의 행복이 어두울 땐 미래의 희망을 보고
미래의 희망이 어두울 땐 지금의 행복을 보며
걸어가자.

항상 좋을 순 없겠지만
인생에 더 많은 좋은 순간들을 남기기 위해.

과거와 미래가 어떻든
지금 웃을 수 있다면
당신은 행복한 인생이다.

○

겨울엔 여름이 좋을 것 같고
여름엔 겨울이 좋을 것 같다
현재가 힘들 땐 과거가 좋을 것 같고
과거가 힘들 땐 미래가 좋을 것 같다

그러나 좋을 것 같은 것만 좋아하면
진짜로 좋을 수 없다
내 것이 아니기에

완벽하지 못한 현재를 좋아해야지

인생이 좋을 것 같은 날들이 모인 날이 아닌
좋았던 날들로 기억될 수 있게

○

매일 고민만 하지 말아요

맛있는 것도 먹고
좋아하는 길도 걷고
보고 싶은 친구와 수다도 떨어요

예쁜 옷도 입고
카페 창가 자리에 앉아
좋아하는 노래도 들어요

특별한 하루는 아니어도
이렇게,
내가 좋아하는 하루가 만들어질 수 있게

싫어하는 사람을
매일 봐야 한다면

(동민) 직장에서 싫어하는 사람을 매일 봐야 하는 상
황이라면 어떻게 해야 할까요?

(글배우) 상황이 어떻게 되었든 내가 회사에 남기로 택했다면 더
이상 미워하지 말아야 해요. 그 사람과 계속 대립한다면 언제 끝
날지 모르는 불행을 스스로 택하는 것이에요.

아무리 좋은 환경과 좋은 음식, 좋은 옷을 입어도 누굴 미워
하는 동안은 우린 행복할 수 없어요.

미워하는 감정이 드는데 어떻게 미워하지 않아요?

내가 옳다는 생각 때문에 그 사람이 더 미워 보일 수 있어요. 하
지만 내 생각이 백 퍼센트 옳을 수도 없고 그 사람이 백 퍼센트
틀릴 수도 없는 걸요.

그 사람과 일하면서 내가 항상 옳다고 확신할 만큼 완벽한가

요? 내가 백 퍼센트 옳다는 생각을 내려놔야 해요.

> 하루하루 그 사람을 신경 쓰느라…. 제 인생이 휘둘
> 리는 기분이에요.

인생의 큰 그림을 생각하면 그 사람은 내 인생의 이야기에서 몇 페이지도 되지 않아요. 평생 함께할 사람이 아니에요. 어느 순간 함께하다 각자의 길을 가겠죠. 그 사람을 생각하느라 내 인생의 방향을 잊으면 안 돼요.

중요하지 않은 걸 생각하느라 중요한 걸 놓치면 안 돼요.

충분히 대화해서 개선할 수 있으면 좋겠지만 대화할 수 없다면 그리고 피할 수 없다면 대립하지 말고, 순응해야 해요.

○
태풍이 불면
태풍에 대립한 나뭇가지는
전부 부러지지만
태풍의 강한 바람에 순응한 모래는
그 모습 그대로예요.

그 사람 때문에
당신의 행복이 부러지지 않는 것이
당신이 이기는 거예요.

그곳을 벗어난다 해도
삶에서 태풍은 어디에 있든 찾아오기에

태풍을 영원히 마주하지 않을 곳을 찾을 수는 없어요.
태풍이 불었을 때 피할 수 없다면
태풍에 내 행복을 잃지 않는 연습이 필요해요.

결국 제가 그 사람을 견디는 것밖에 없는 건가요?

그다음 매일 할 일이 있어요.

미워하지 않기 위해 노력하고 순응했다면 그다음은 나의 미래를 치열하게 준비하는 거예요. 실력을 쌓아요. 그 사람이 미웠던 만큼 당신 자신을 성장시켜요.

그 사람이 5년 뒤, 10년 뒤에는 당신을 함부로 하지 못하도록 이를 악물고 더 좋은 곳, 더 나은 환경으로 가기 위해 노력하는 거예요. 반성할 게 있으면 반성하고 미래를 치열하게 준비하세요.

그렇게 한다면 노력이 담긴 시간은 분명 당신의 손을 들어줄 거예요. 그리고 시간이 지나 성장한 뒤 돌이켜보았을 때 지금 이 시간은 당신이 성장하기 위해 마음을 굳게 먹고 노력하는 데 꼭 필요했던 계기가 되어 있을 거예요.

오르막길을 어쩔 수 없이 지나가야 한다면 오르막길을 탓하는 걸 멈추고 순응하며 천천히 한 걸음씩 걸어 나아가 지금보다 조금 더 높은 곳에 설 수 있기를 응원합니다.

_____ **2**

나는 오늘도
조금 더 성장한다

아무것도 선택하지 못하고
너무 오랫동안 멈춰 서 있다면
이 글을 읽기 바랍니다

좋아하는 파란색과 노란색이
눈앞에 있어 하나를 선택해야 한다고 하면
어떤 걸 선택하겠어요?

그 답은 상황에 따라 다를 거라고 생각해요.

파란색으로는 하늘을 그릴 수 있고
노란색으로는 꽃을 그릴 수 있기에
조금 더 그리고 싶은 걸 선택하면 될 거예요.

파란색으로는 꽃을 그리기 어렵고
노란색으로는 하늘을 그리기 어려워
당신은 뭐가 당신한테 더 좋을지
조금 더 고민하겠지만
여기까지는 괜찮아요.

문제는 계속 반복된 질문과 상황만을 생각하며
오랫동안 나아가지 못하고 제자리에 멈춰 있는 거예요.

'내가 틀리면 어쩌지?'
틀려서 나의 소중한 인생이 낭비될까 봐 걱정하겠지만
진짜 낭비는
정답이 없는 문제를 정답이 있을 거라 믿으며
오랫동안 붙잡고 같은 생각만을 반복하며
에너지를 낭비하는 지금 이 순간이에요.

선택이 틀릴까 봐 고민이 되겠지만
당신의 선택은 틀릴 일이 없어요.

당신이 생각하기에
둘 다 좋을 것 같고
둘 다 단점이 있는 선택지라면
이건 정답이 없는 선택지예요.
그렇게 믿어도 돼요.

고민할수록 정답이 나오는 문제가 아니라
계속 고민만 하게 만드는 문제예요.
이런 경우 무엇을 어떻게 선택해야 할까요?

둘 다 좋을 것 같고 둘 다 단점이 있는 선택지라면

내가 지금 더 행복할 것 같은 걸 선택하면 돼요.

내 행복이 선택의 기준이 돼요.

예를 들어 남자친구와 싸워서
헤어질지 계속 사귈지 고민이 된다면
먼 미래까지 생각하지 말아요.

지금 내가 사귀어서 마음이 편할 것 같으면 사귀면 돼요.
헤어지는 게 마음이 편할 것 같으면 헤어지면 돼요.

사귀면 이렇게 될 것 같고
헤어지면 이렇게 될 것 같아 고민이라면,
선택의 기준이 미래에 있기 때문에
그 어떤 선택도 확신할 수 없는 거예요.

미래는 백 퍼센트 일어날 일이 아니라
어디까지나 예측과 추측으로 내가 만들어낸
머릿속에만 있는 상상이기에.

미래를 알려고 할수록
현재의 시간을 미래의 상상에 쏟기에
현재의 시간을 잃게 되고
삶은 늘 현재인데 삶은 더 불확실해져요.

그러나 지금 행복할 수 있는 걸 선택하면
삶에서 지금 행복 하나는 지킬 수 있어요.
그렇게 지금 행복할 수 있는 걸 선택해나가면 돼요.
삶은 계속해서 지금이기에.

내가 삶을 살아가는 이유,
행복을 지킬 수 있어요.
두 개 중 어떤 게 더 행복한지 알 수 없어
선택을 못 한다면
행복의 정의를
'내가 바라는 일이 모두 이루어진 상황'이라
정의해서 그래요.

두 개의 선택 모두 단점이 있다면
두 개 중 지금 생각에 조금이라도
더 행복할 것 같은 걸 선택하세요.

하지만 지금 말한 건 선택의 기준이지
내가 바라는 선택이 잘한 선택인지 아닌지는
아직 알 수 없어요.

찰흙을 빚을 때 처음 하는 건
무엇을 만들지 정하는 거예요.
그러나 정했다고 만들고 싶은 모양이

만들어지는 건 아니에요.

정해놓고
'내가 틀렸나 이 선택이 아니면 어쩌지?'라고 생각해
만들기에 집중하지 못하고 시간만 낭비하면
그 선택은 오답이 되고
내가 바라는 모습을 만들 수 없어요.

그러니 선택은 재료일 뿐
정답을 만드는 게 아니에요.
나를 믿고
그 재료를 정답에 가깝게 만들어가는 거예요.
그 어떤 선택에도 정답은 없어요.

선택해놓고 잘하지 못하면 오답이 되기에
충분히 생각했다면 두 개 중 조금 더 나은
최선의 행복을 선택하고 정답으로 만들어 가보세요.

내 인생의 정답을 만드는 방법은
오직 하나,
내가 나를 믿는 것입니다.

인생은 계속해서 수정 보완되기에
내 선택이 잘못될 수도 있고

내가 실수하거나 부족할 수도 있어요.
그래도 나를 끝까지 믿어야 해요.

잘하는 나만 믿는 게 아니라
못했던 나도 믿어야 해요.

버스를 탈 때 운전자를 믿고
비행기를 탈 때 운전자를 믿어야
목적지까지 갈 수 있잖아요.

운전자를 믿지 못하면
당연한 말이지만
가고자 하는 곳으로 절대 출발할 수 없기에.
내 인생의 운전자는 바로 나이기에.
나를 믿어야 원하는 목적지까지
돌아가든 넘어져 가든 도착할 수 있어요.

믿음 너머에 새로운 세상이 있다는 걸
우린 분명 알지만
나를 믿지 못하기에 갈 수 없는 거예요.

나를 믿지 못하는 건 실수가 두렵기 때문이에요.

로봇은 완성된 채 태어나기에 실수하지 않지만

실수가 없기에 더 이상 성장도 없어요.
그러나 우리는 불완전하게 태어났기에 자주 실수해요.
그리고 실수를 통해 성장하기도 해요.

나에게 실수할 기회도 주고
넘어질 기회도 주세요.
그리고 지금 행복할 수 있는 나의 선택을 재료로
나를 믿고 원하는 모습을 만들어가길 바랍니다.

용기 있게 걸어나가도
삶은 때론 실패를 주겠지만
그래도 몇 번의 실패로 기죽으면 안 돼요.
당신은 더 많은 성공을 붙잡을 사람이며
서툴러도 해낼 수 있는 사람이니까.

나는 오늘도 조금 더 성장한다

걱정과
고민은 다르다

고민은 해결하기 위함이고
걱정은 마음에서 오는 불안함이다.

예를 들어 좋은 회사에 가기 위해
면접을 어떻게 잘 준비할지
방안을 생각해내는 건 고민이다.

그러나
좋은 회사에 가고 싶은데
여러 가지 이유를 상상하며
가지 못할 거라 생각하는 건 걱정이다.

이미 커진 걱정을
"생각하지 말아야지"라고 말해도
그 크기를 절대 줄일 수 없다.

대신, 걱정을 고민으로 바꿀 수는 있다.

예를 들어, 가고 싶은 회사가 있는데
사람을 너무 적게 뽑아서
못 가면 어쩌지 걱정된다면
가기 위한 방안에 집중해서 고민해보자.

이번에 꼭 붙어야 하는 시험을 앞두고
시험에 떨어지면 어쩌지 걱정된다면
시험에 붙기 위한 방안을 집중해서 고민해보자.

생각은 한 번에 하나밖에 할 수 없기에
고민에 집중하면 걱정은 줄어든다.
좋아하는 사람을 생각하며
미운 사람을 동시에 생각할 수 없는 것처럼.

그러나 고민해도
지금 할 수 있는 게 없는 게 있다.
그건 걱정해도 달라질 건 아무것도 없다는 뜻이다.

나 역시 걱정이 정말 많다.

그렇다고 아무 노력 없이
계속 걱정만 하고 있으면서

걱정이 많아 힘들다고 말하는 건
추운 겨울에 얇은 옷 한 장만 입고
계속 춥다고 말하는 것과 같다.

고민조차 하기 싫고
그냥 아무 생각 없이 살고 싶다면
그렇게 해도 되지만

생각 없이 인생을 사는 건
생각하여 성장할 수 있는 힘을 가진 '나'에게
미안한 일인지도 모른다.

우리에게 고민은
더 나은 모습으로 가기 위해 필요하지만
걱정은 현재를 훔쳐가는 시간 도둑이다.

물론 지금 하는 걱정이
대부분 걱정할 만한 일이라서
어쩔 수 없이 걱정이 되는 걸 수도 있다.

하지만 분명 그 걱정이 해결돼도
당신은 분명 또 다른 걸 걱정할 것이다.
걱정은 단지 다리를 떨거나 신발을 구겨 신는 것처럼
고쳐야 하는 나쁜 습관이다.

한 번에 바뀌는 건 어렵지만
조금씩 하면 많은 걸 바꿀 수 있다.

*

어릴 적 깜깜한 시골 할머니 댁에서 잠을 자는데
발밑에 무언가 부딪쳤다.
너무 놀라고 무서워
무엇일까 밤을 새우며 걱정하다 아침이 되었다.
아침에 보았을 때는 작은 모자가 떨어져 있었다.

그 사람이 나에게 상처 줄까 걱정했다.
내 꿈이 결국엔 이루어지지 않을까 걱정했다.
내일도 나아갈 길이 힘들 것 같아 걱정했다.

그러나 지나고 나니 걱정한 일은 일어나지 않았고
막상 일어난 일도 내가 한 걱정에 비해
작은 모자처럼 한없이 작고 두렵지 않은 일이었다.

하루를 버티느라 지친 당신이
지금 혼자 있는 시간마저
걱정으로 더 이상 무너지지 않길 바란다.

나는 왜 계획하고
미루기만 할까

나는 왜 계획하고 미루기만 할까.

게을러서가 아니다.
정말 게으른 사람은 이런 고민조차 하지 않으니까.

내가 미루는 일들은 전부
아직 뇌가 그 일을 중요하다고 인지하지 않아서다.

당장 불이 났다면 우리의 뇌는
'나중에 탈출해야지'라고 미루지 않는다.
뇌에서는 탈출이 정말 중요한 일이라고 인지하고
당장 반응하라고 몸에 신호를 보낸다.

실천하고 싶은 일을 미루지 않고
어떻게 인지시킬 수 있을까?

반복적으로 말하거나 종이에 적는다.

"이 일은 중요한 일이야. 잊어서는 안 돼."

나는 작가가 되고 나서도 책을 전혀 읽지 않았다.
책을 읽지 않아도
글을 쓰는 데 문제가 없다고 생각했기 때문이다.
나중에 알았지만, 매일 비슷한 글, 발전이 없는 것이
큰 문제라는 걸 알고
하루에 반 권이라도 읽기로 목표를 정했다.

매일 반 권의 책을 읽기로 정했지만
생전 읽지 않던 책을 읽기란 쉽지 않았다.
주위에선 책 읽는 습관을 기르라고 하지만
반복이 돼야 습관이 되는데
반복 자체가 안 되니 습관은커녕
의욕적으로 책만 사놓고 앞부분만 읽다가
덮어두는 경우가 많았다.

그래서 내가 한 일은
당장 책을 읽기보단 이 일이 얼마나 중요한지
나에게 인지시켜주는 것이었다.

내 목표를 매일 다섯 번 정성스레 노트에 적고

하루에 다섯 번 진심을 다해 소리 내서 말했다.

"내 소중한 꿈을 위해 나는 매일 책을 읽을 거야."
이렇게 말하고 적는 데 10분도 걸리지 않았다.

물론 이렇게 매일 적고 말한다고 해도
당장 책이 좋아져 읽고 싶다는 마음이 들지는 않는다.
그 대신 매일 중요하다고 진심으로 말하고 적으면서
행동은 하지 않으니
시간이 지날수록 마음이 불안해졌다.

무작정 책을 읽었을 때는 읽는 게 싫어
지금 당장 편하기 위해 미루었는데
지금은 읽지 않으니 오히려 마음이 불편해졌다.

왜 그런 걸까?

진심을 다해 반복적으로 적고 소리 내서 말한 목표를
시간이 지나자 뇌에서 중요한 일로 인지한 것이다.
뇌는 중요한 일로 인지하면 몸이 그걸 실행하지 않을 경우
마음에 신호를 보낸다.

나는 이것을 나를 성장시켜주는
'긍정적 불안함'이라고 부른다.

긍정적 불안함은 해야 할 일을 하지 않았을 때
우리 몸에 나타나
우리가 해야 할 일을 할 수 있게 도와준다.

자기 암시를 통해 '긍정적 불안함'을 만드는 것이다.

사람마다 중요하다고 인지하는 게 다르다.
각자 살아온 환경이 다르기에.
그래서 서로 대화하거나 일을 할 때
오해가 생기기도 한다.

저마다 중요하다고 인지하는 게 다르다는 건
환경이나 노력에 따라
중요한 것을 인지하도록 만들 수 있다는 것이다.

6개월이 지난 지금도 책을 읽을 때
계속해서 하루에 10분씩 자기 암시를 반복한다.

"내 소중한 꿈을 위해 나는 매일 책을 읽고 성장할 거야."

스스로 성장할 수 있는
긍정적 불안함을 만드는 것이다.

덕분에 지금은

하루에 한 권 가까이 볼 수 있게 되었다.

저 작은 한마디로 인생이 바뀌진 않겠지만
저 작은 한마디로 행동을 바꿀 수 있다면
분명 인생도 바뀌나갈 수 있을 거라 믿는다.

변화하고 싶은 모습이 있다면
행동하기 전, 그리고 도전하는 동안에도
글로 적고 소리 내어 말하며
틈날 때마다 자기 암시를 해보자.

스스로가 스스로를 포기하기엔
당신은 아직 할 수 있는 일이
너무나 많은 사람이다.

복잡한 생각을
정리하는 방법

생각하지 않아도 되는 생각과
생각해야 하는 생각,
계속 생각해야 할지 말아야 할지 모르는 생각.
이렇게 나눠보세요.

첫째,
생각하지 않아도 되는 생각은
생각하지 않으면 됩니다.

그런데 계속 생각이 난다면
이틀만 그 생각을 안 하기로
스스로 약속해보세요.

사람은 하루에 많게는
7만 가지의 생각을 한다고 합니다.

이틀이 지나고 나면
그 생각을 다시 하려 해도
또 다른 생각에 집중하고 있어
그 생각은 더 이상 크게 신경 쓰이지 않거나
흐려져 있을 겁니다.

스스로 약속하고 무슨 일이 있든
그 생각을 이틀만 미뤄보세요.
멀어진 글자가 아주 작게 보이듯
생각도 아주 작아져 있을 겁니다.

둘째,
생각해야 하는 생각에는
뭐가 있을까요?

지금 당장 해결해야 하는 문제나
지금 내가 할 수 있는 일뿐입니다.

내가 어떤 생각을 할 때
그 주제에 '지금'이라는 단어를 넣어 어색하다면
첫 번째 항목인 '생각하지 않아도 되는 생각'입니다.

예를 들어
소심한 성격 탓에 나중에 회사에 가서

인간관계를 잘 맺지 못할까 봐 걱정돼요.

꼭 가고 싶은 회사가 있는데 떨어질까 봐 걱정돼요.

여러 장소로 여행을 가고 싶은데
못 갈 것 같아 우울해요.

이런 주제에는
'지금'이라는 단어가 들어가면 어색합니다.
이런 생각은 지금 생각하지 않아도 되는 생각입니다.

과거나 먼 미래에 대한 생각은
해야 하는 생각이 아니라
그동안 습관처럼 해왔기에
반복하게 되는 습관일 뿐입니다.

우리는 더 잘 살기 위해
미래나 과거를 놓치지 않으려고 생각하죠.
하지만 과거나 미래를 알려고 할수록
삶은 오히려 더 불투명해지고 불안해집니다.

정말로 잘 살고 싶다면
내가 성장해야 할 현재의 시간들
내 진짜 인생의 시간인

현재 할 수 있는 일들에 대해
생각하는 것입니다.

유학을 가야 할지 말아야 할지 모르겠어요.
여자친구와 헤어질지 계속 사귀어야 할지 모르겠어요.
어떻게 하면 공부를 잘할까요?

이 생각들은
'지금'이라는 단어가 들어가도 어색하지 않습니다.
지금, 현재 해야 하는 생각들입니다.

셋째,
계속 생각해야 할지 말아야 할지 모르는 생각은
우선 생각해보세요.
생각하고 나서도 답이 나오지 않는다면
생각하지 않아도 되는 생각으로 분류해서 정리해보세요.

지금까지 생각이 정리되지 않은 이유는
하나의 생각을 시작하고
그 생각의 답을 찾으려는 생각에만 집중했기에
생각이 끝없이 이어져서입니다.

처음 생각하기 전에
생각을 구분하는 습관은 아주 좋습니다.

해야 하는 생각인지
안 해도 되는 생각인지
해야 하는지 안 해도 되는지 모르는 생각을
나눠주니까요.

그러지 않으면 무작정 떠오르는 작은 생각 하나를
몇 날 며칠 동안 생각하느라
삶의 방향을 잃어버릴 수 있으니까요.

오늘 밤은 복잡했던 생각들을 정리하고
편안한 마음으로 잠들 수 있기를 바랍니다.

오늘 하루도
혼자 많은 생각을 안고 견뎌내느라
고생하셨습니다.

○

지나고 나면
아무것도 아닌 일들이
아주 많이 날 괴롭힌다

삶을 살아가는
가장 합리적인 방법

나는 생각이 너무 많다.

왜 이렇게 생각이 많은지 생각해보면
내가 하고자 하는 사소한 일에서도
항상 이유를 찾기 때문이다.

그래도 되는지.
그건 틀린 게 아닌지.
그렇게 했어야 했는지.

합리적이고 이성적이기 위해
많은 생각을 하며 살지만
그 생각이 너무 많아
스스로 지쳐갈 때면

생각한다.
그건 가장 비합리적인 방법이 될 수 있다고.

때론 내가 좋으면 좋고
내가 싫으면 싫은 것이
가장 합리적인 방법이 될 수 있다.

내가 좋아하는 걸 좋아할수록
삶에는 좋은 순간이 더 많이 남게 되고
내가 싫어하는 걸 싫어할수록
삶에 아픈 순간은 더 적게 남을 테니.

시간이 지나
뒤돌아봤을 때는
가장 적은 후회가 남지 않을까.

삶이 복잡하다고
느껴질 때

생각을 정리하고
인간관계를 정리하고
하루의 일을 정리하고
내 문제를 정리하고

그렇게
모든 걸 정리하려고 하지 마세요.

때로는 그냥 어질러도 두세요.

그냥 어질러두면
시간이 지나 정리하지 않아도
저절로 정리되는 일도 있고
정리할 필요가 없을 만큼 작은 일들도 있습니다.

정리해야 하는 일인데 잘 정리되지 않는다고
너무 낙담하지 마세요.

삶은 때론 내가 가진 능력보다
아주 조금 더 큰 시련을 주어
나를 힘들게 하기도 하거든요.

그건 포기하라는 뜻이 아니라
서지도 못했던 내가 걷고
겨우 걷던 내가 뛰게 된 것처럼

늘 그렇듯 나는
내가 성장할 수 있는 시간을
잘 지나갈 수 있을 거예요.

○

모르겠다
모르겠다
모르겠다

잘하고 있는지 모르겠다

때론 그냥 다 놓아버리세요

수없이 했던,
다가오지 않은 날들의 걱정들

오늘 밤은 편안히 잠들 수 있게

더도 말고
딱 당신만큼만

저는 고등학교 때까지 태권도를 했어요.
아버지는 태권도 관장님이셨고
제가 열심히 해 운동으로 대학을 가
아버지의 뒤를 잇기를 원하셨어요.

하지만 저는 겁이 많았어요.
연습 때는 잘해도 경기장에만 서면
긴장을 너무 많이 해
겁을 먹고 떠느라 제대로 못하기 일쑤였어요.

그럴 때마다 아버지는 경기 전에
항상 이렇게 말씀하셨어요.

"동혁아, 그냥 하던 대로 해.
너무 잘하려고 하지 마.

지금까지 연습해온, 너만큼만 해.
딱 그만큼만 보여주고 오는 거야.

못해도 돼.
너만큼만 해.
그럼 그게 너한테는 잘한 거야."

경기 때마다
아버지는 말씀하셨지만
사실 그때는 그 말이 무슨 말인지 몰랐어요.

'나만큼만 하라니, 나는 무조건 이겨야 하는데.
이겨야 잘하는 건데….'

그리고 10년이 흘러
200~300명이 모인 강연 무대에 서게 되었습니다.
횟수에 상관없이 시작은 언제나 긴장되고 떨렸어요.

그런데 얼마 전부터
어렸을 적 듣던
아버지의 이야기가 떠올랐어요.
10년 전 아버지의 그 말씀이
이렇게 번역되어 들렸어요.

"동혁아, 경기장 밖 세상은 훨씬 더 넓지.
인생에서 넘어야 할 많은 시험이 주어질 테고.

그때 너무 잘하려고만 하면
스스로 지쳐 멀리 갈 수 없을 거야.
사실 갈 길이 너무 많이 남았어.
그 길에서 항상 기쁜 승자의 모습일 수는 없지만
졌어도 패자의 모습처럼 기죽지 않아도 돼.

무대에서
승자가 되고 패자가 되는 것보다 더 중요한 건
딱 너만큼만 하는 거야.

지금까지 연습해온
너만큼만.

딱 그만큼만 보여주고 오면 되는 거야."

그 말은 제가 항상 잘해야 한다는 강박에 사로잡힐 때
불안한 떨림을 편안하게 바꿔주었어요.

나만큼만
나만큼만
나만큼만…

그것이 가장 잘하는 거다.'

중요한 시험을 앞두고 있다면
분명 기대하는 만큼
떨리고 긴장되겠지만

너무 잘하려고 하지 말고
당신도 당신만큼만
무대에서 땀 흘리고 내려올 수 있었으면 좋겠어요.
그럼 그게 당신한테는 가장 잘한 것일 테니.

그리고 한 번의 시험으로 인생이 결정되지는 않아요.
잘하든 잘하지 못했든 그 시간은 분명
다음 성공을 만드는 데 꼭 필요한 시간으로 남을 거예요.

10년간 태권도 선수 생활을 했던 시간은
비록 성공하지 못했지만
그 시간에 느낀 깨달음, 공감, 아픔, 생각들이 모두
작가로서 글을 쓰는 데 필요한 시간으로 남았거든요.

마음처럼 잘 안 될지도 몰라요.
그래도 알았으면 좋겠어요.
열심히 한 당신은
변함없이 멋지다는 걸.

○

바람이 존재하는 이유는
시원함을 주기 위해서이기도 하지만
추위를 주기 위해서이기도 합니다

해가 존재하는 이유는
따뜻함을 주기 위해서이기도 하지만
더위를 주기 위해서이기도 합니다

좋을 때도 있지만 싫을 때도 있습니다
부족해서가 아니라 원래 그런 것이기에
당신도 늘 좋기 위해 존재하는 것은 아닙니다

살다 보면 좋을 때도 있고 안 좋을 때도 있습니다
다만 안 좋을 때는 좋을 때가 올 거라는 걸 잊지 말고
멋지게 이겨내시길 바랍니다

○

지나온 길을 돌이켜보면
지우고 싶었던 길도 참 많다

오랫동안 잡고 싶었던 손을
놓아주어야 할 때도 있고

겨우 닦아 놓은 마음 위에
비바람이 몰아쳐
다시 엉망이 되기도 하고

책임질 일이 하나둘
늘어갈 때마다
어쩔지 몰라 혼자 고민하고

당장은 아무것도 보이지 않지만
그래도 그렇게
내 하루를 열심히 채워가다 보면

어느새 지우고 싶었던 길들은
멋지게 잘 지나온 길들이 되어 있겠지

힘든 날도 지나고 나면
더 힘든 날 이겨낼 힘이 될 거야

살면서 부정적인 생각이
들지 않을 수는 없다

(글배우) 그만해도 되는 생각이 계속해서 든다면 당장 생각하려 하지 말고 저녁 9시로 생각을 미뤄봐요. 저녁 9시는 혼자 방에 있을 수 있는 시간을 가정한 겁니다.

(선우) 생각을 미루는 방법이 따로 있나요?

미루는 방법은 단 하나뿐이에요. 생각이 들면 더 생각하지 않고 무조건 미루는 거예요.

생각을 미루려 노력해도 멈춰지지 않고 계속 생각나요.

속도가 붙은 자동차는 한 번의 브레이크로는 절대 멈출 수 없어요. 멈추게 하는 방법은 여러 번 천천히 브레이크를 밟는 거예요. 부정적인 생각도 같아요. 지금 당장 한 번에 멈추지 못하는 건 부정적인 생각의 크기만큼 브레이크를 밟아야 하는 횟수가 아직 몇 번 더 남았기 때문이에요. 어렵겠지만 생각나는 순간마다 브레이크를 밟으며 멈춰보세요. 여러 번 하다 보면 분명 생각을 미룰 수 있어요.

생각을 미뤘다면, 그다음에는요?

약속한 저녁 9시가 됐을 때 부정적인 생각을 꺼내봐요. 시간이 지나 꺼낸 부정적인 생각의 크기는 처음보다 훨씬 작아져 있을 테고, 어떤 생각은 괜한 생각이었단 생각도 들고, 별일 아니었던 것도 있을 거예요.

이 방법을 통해서 미루지 않았다면 전부 다 생각했을 부정적인 생각의 양을 줄일 수 있고 부정적인 생각을 하며 낭비하는 불필요한 시간과 에너지를 줄일 수 있어요.

9시에 생각할 때 중요하게 고려해야 할 한 가지가 있어요. 얼마만큼 생각할지 시간을 정하는 거예요. 30분 정도가 좋아요. 길다고 생각하면 20분도 좋고요.

정해놓은 30분이 되었다면 나머지 부정적인 생각은 일부러 없애려 하지 말고, 없애려 한다고 없어지지도 않으니 다시 내일 저녁 9시로 미뤄봐요. 그때 또 실컷 걱정하고 불안해하면 돼요.

작가님도 부정적인 생각을 많이 해서 힘들었던 적이 있었나요?

저는 글을 쓰는 직업이기에 생각이 많을 수밖에 없어요. 원고를 쓸 땐 예민해져서 사람도 잘 만나지 않고 혼자 있는 시간이 많아 잡념도 부정적인 생각도 많아져요.

어느 날은 부정적인 생각으로 힘들어하다가 '나는 평생 생각이 많을 수밖에 없는 직업인데 생각을 줄이지 못하면 계속 우울해지고 불행해질 것 같아 무섭다'는 생각이 들었어요.

그래서 저도 생각을 미루는 연습을 했어요. 부정적인 생각은 미룰수록 쌓이는 것이 아니라 미룰수록 눈처럼 녹는다는 것을 알게 됐거든요.

누군가를 미워하는 마음도, 크게 걱정되는 생각도, 어제 내 행동이 후회되는 생각도, 그렇게 한 달 정도 지나자 부정적인 생각은 줄어들었고, 그 방법에 익숙해져 지금은 저녁에 정한 부정적인 생각을 하는 시간을 줄이고 있어요. 30분으로 시작한 시간이 10분이 되었죠.

　　　　생각 미루기 연습을 해도 부정적인 생각이 계속 나면요?

부정적인 생각이 드는 건 어쩔 수 없어요. 아예 안 할 수는 없겠지만 줄여나갈 수는 있어요. 사람은 한 번에 한 가지밖에 생각을 못하기 때문에 부정적인 생각이 늘어날수록 좋은 생각은 줄어들어요. 반대로 부정적인 생각을 줄이면 좋은 생각을 할 기회가 많아지죠.

인생의 시간은 똑같이 주어지지만 그 시간을 어떻게 사느냐에 따라 삶은 정말 많은 웃음을 주기도 하고 너무 많은 우울함을 주기도 해요. 당신의 한 번뿐인 인생에서 생명 같은 하루하루를 부정적인 생각으로 죽어가게 하지 않고 정말 내가 웃고 행복할 수 있는 시간으로 만들기를 바랍니다.

○

그리고 정말 힘들다면
혼자만 담아둔 채 생각하려 하지 말고
마음을 나눌 수 있는 친구에게 털어놔 봐요.

인생에서 가장 큰 선물은
내 이야기에 공감할 수 있는 친구가 있다는 것이며
당신 곁에 그런 친구가 분명히 한 명쯤은 있을 테니까.

3

시련을 이겨낸 너에겐

감동이 있다

미워하지 말고
버티자

다른 사람과 비교해 지금 내 모습이 싫을 때면
우리는 보통
자신을 미워하거나 주위를 원망한다.
그러나 그런다고 상황은 나아지지 않는다.
그나마 버티고 있는 의지마저 무너뜨려
벼랑 아래로 나를 떨어뜨린다.

나를 미워할수록
벼랑의 깊이가 깊어져
다시는 올라올 수 없게 된다.

아직 늦지 않았다.
당신이 가장 힘들어할 때
당신의 손을
지금 잡아준다면.

지금까지 잘하지 못했다고
앞으로도 영영 잘하지 못할 사람이 아니라

나는 나를 믿는 지금부터가 진짜 시작이라고.

남들보다 늦었고 실력도 형편없고
가난하고 잘하는 것도 없고
지금까지 보낸 시간이 후회돼도

나는 나를 믿는 지금부터가 진짜 시작이라고.
나는 계속 벼랑 끝에 서 있지 않을 거라고.

그렇게 믿고 손을 잡아준다면
넘어져 있던 나는
일어설 수 있다.

아무리 겨울이 춥고 길어도
봄은 온다.
아무리 깜깜하고 별 없는 밤이어도
밝은 날은 찾아온다.

나는 서늘한 벼랑 끝에 섰지만
버티며
밝은 봄을 기다리겠다.

*

의류 사업이 두 번째 실패했을 때는
정말 돈이 하나도 없었다.
아침, 점심, 저녁으로 매일 아르바이트하며
직원들 밀린 월급을 줘야 했고
빚도 갚아야 했다.

마지막 아르바이트 끝나는 곳과
새벽에 일찍 일을 시작하는 곳이 가까웠지만
두 곳과는 집이 너무 멀어
도저히 집에 갈 형편이 안 돼

근처 대학병원 화장실에서
두세 시간씩 몰래 자며
3개월을 지낸 적이 있다.

남들이 인생 망했다고 할 땐
어린 나이에 너무나 무섭고 힘들었다.
매일 울고 벼랑 끝이었다.
앞으로도 계속 이렇게 살게 될까 봐.

그러나
버티고 버티고 버티다 보니

어느 순간
한 발, 딱 한 발 내디딜 힘이 생기더라.

그렇게 한 발 나아가고
그리고 또 버티다 보니 또 한 발 나아가고…
그렇게 한 발 한 발 내딛다 보니
지금은 또 새로운 길을 갈 수 있게 되었다.

*

비가 왔다.
오전에 지나갈 때 보니 집 앞 놀이터 웅덩이에
빗물이 살짝 고여 있었다.
놀이기구 지붕 밑으로 빗물이 고여
한 방울씩 떨어지더라.
저녁에 올 때 보니
그곳은 고인 정도가 아니라 빗물이 넘쳐
웅덩이 밖으로 넘쳐흐르고 있었다.

사업에 실패했을 때
내가 나를 계속 의심하고 원망하기만 했다면
나는 아직도 그 웅덩이 속에 있었겠지만
빗물 한 방울 한 방울이 모여
웅덩이를 넘어설 수 있었던 것처럼

버티던 한 걸음 한 걸음이 모여
웅덩이에서 빠져나올 수 있었다.

벼랑에 섰다면
나를 미워하고 원망할 사람은
적어도 내가 되면 안 된다.
그럼 그때부터 정말 나는
아무것도 할 수 없는 사람이 된다.

한 걸음조차 딛기 어려우면
지금 이 자리에서 그냥 버티자.

버티는 게 너무 힘들겠지만
버티지 않는다고 힘들지 않은 것도 아니기에.

봄이 오기를 기다리는 씨앗처럼
버티다 보면 봄은 반드시 올 테고
예쁜 꽃을 피울 테니.

버티자.

또 버티자.

우린 모두 꽃을 피울 수 있다.

○

삶에는 고난도 있고 시련도 있지만
그 많은 순간을 버텨낸 너에겐
감동이 있다

○

다가올 멋진 순간 꿈꾸며
다가온 힘든 순간도
멋지게 이겨내길

부모님의 꿈

아버지와 어머니에게
꿈을 물어본 적이 있습니다.

부모님에게도 꿈이 있으셨다고 합니다.

아버지는 아주아주 큰 태권도장을 차리는 게 꿈이었고
어머니는 육상 선수셨는데
태극마크를 단 국가 대표가 꿈이었습니다.

그런데 제가 태어났고
어머니와 아버지는 꿈을 잠시 미뤄두었습니다.

왜냐하면 심장판막증을 갖고 태어난 저를 키우는 데는
다른 아이들보다 더 많은 돈이 필요했거든요.

아버지는 밤낮없이 일하셨고
어머니도 열심히 일하셨습니다.
조금 살 만해지니
이번엔 제 동생이 태어났습니다.

어머니와 아버지는 형과 저, 동생
세 아들을 가르치셔야 했고
꿈을 또 미루셨습니다.

세월이 흐른 지금
이제 어머니와 아버지는 꿈을 꾸지 않으십니다.
그 대신 저희를 꿈처럼 바라보십니다.

그래서 저는 때론 마음과 다르게 실패도 하지만
쓸모없는 사람은 아닙니다.
어머니 아버지의 꿈이기에.

저는 아주 소중한 사람입니다.

당신도 혹시 넘어져 있다면
쓸모없는 사람이라고 생각하지 마세요.
세상에서 가장 소중한 사람입니다.

당신은 당신 부모님의 꿈이기에.

나의, 어머니
나의, 아버지

힘들 땐 꺼내봐야지
그분들이 내게 줬던 마음들을

엄마에게
오늘 하고 싶은 말

우리 집은 삼 형제다.

어머니는 20대 초반에 아버지에게 시집와
20년간 아들 셋을 키우셨다.

어릴 적 우리 집이 얼마나 가난했냐면
기찻길 옆에 살았다고 하는데
어머니가 나를 임신하셨을 때
기차가 지나가는 소리에 내가 놀랄까 봐
"아가야, 괜찮니? 미안해"라고
열 번 이상을 꼭 물어보고 쓰다듬으셨다고 한다.

아이러니하게도 나는
심장판막증이란 병을 가지고 태어났다.
심장에 작은 구멍이 난 병이다.

의사는 원인이 여러 가지라고 했지만
어머니는 기찻길 옆에 살아서 그렇다고 하며
평생을 나에게 미안해하셨다.

*

어머니가 나를 임신하셨을 때
사과가 먹고 싶다고 하시면
아버지는 돈이 없어 사과를 하나만 사오셨다고 한다.

그 사과 하나를 먹으면서 어머니는
내게 또 미안해하셨다고 한다.
어머니는 평소에 사과를 전혀 좋아하지 않으셨는데
임신하고 사과가 먹고 싶은 걸 보면
내가 먹고 싶어 하는 것 같아 미안했다고.

세월이 흘러 내가 태어나고
우리 집은 이번엔 아주 산꼭대기로 이사를 갔는데
하루는 내 이마가 깨져서 병원에 가야 했다.

구급차가 오기에는 좁은 길이라
어머니가 형을 업고 나를 안고
병원으로 오 킬로미터 이상을 뛰어가시다
무릎을 다치신 일도 있었다.

나중에 이 이야기를 들었을 때
어머니는 육상 선수 출신이어서
가뿐하다고 하셨지만
그날 이후로 어머니는 아주 추운 겨울이면
무릎이 시려서 밤에 잠을 못 주무신다.

크면서
우리 집은 왜 가난할까
어릴 때는 참 많이 싫었다.

내 이마에 흉터가 생겼을 때
큰 병원을 가서 꿰매지 못했다고
어머니에게 사춘기 내내 투정을 부렸다.

짝사랑하던 여자애한테
데이트 비용이 없어 차일 때는
가난하면 사랑할 자격도 없는 것 같아
어머니도 밉고 가난도 싫었다.

고등학교 때는 형의 옷과 신발을 물려받았고
친구들이 옷 사는 것을 따라가 구경만 할 땐
메이커 옷이 그렇게 입고 싶었다.

*

어른이 돼서 의류 사업에 실패하고
늦은 나이에 학교에 복학했을 때.

하루는 집에 가는 길에
우연히 친구분들과 걸어가시는
어머니를 보게 되었다.

어머니는 날도 추운데
손을 잠바 주머니에 넣지 않은 채 걷고 있었고
어머니의 친구는 그런 어머니에게
"순영아, 추운데 왜 손을 안 넣니? 손이 빨갛잖아."라고
말하셨지만

손이 빨개진
어머니는 안 춥다며 웃으셨고
친구분들이 모두 가자
어머니는 그제야
"아이, 춥다. 춥다. 추워" 하면서
손을 주머니에 넣으셨는데

어머니가 손을 떼니
잠바 주머니에 500원짜리만 한 구멍이 세 개가 보였다.

*

가난이 미웠다.

그러나
조금 늦었지만 세 번의 의류 사업에 실패하고
한 번의 큰 수술을 겪으며
세상에서 나 하나를 지키는 것도 참 어렵다는
생각이 들었다.

나도 조금은 어른이 되었나 보다.

이제야 알 것 같다.
어머니, 그리고 아버지도.

이 무서운 세상에서
나를 지켜주셨으니.

어머니는 비록 가난했지만
세상에서 제일 강하셨고
나를 위해 모든 걸 주셨다.

하지만 나는 넘치는 사랑을 받으면서도
불만만 품었다는 걸 생각하면

눈물이 난다.

그 크고 넘친 사랑을 늘 부족하다고만 생각했으니
어른이 돼서
"사랑해요"라고 말씀드린 적 없는 무뚝뚝한 아들이
오늘은 꼭 어머니께
"사랑합니다"라고 말씀드려야겠다.

오늘뿐만 아니라
앞으로 자주.

아마 무뚝뚝한 어머니는
아이처럼 밝게 웃으시겠지.

사랑합니다. 어머니.
세상에서 제일 사랑합니다.

○

사랑하는 사람과 있을 때 별은
연인의 얼굴이 되기도 하고

꿈이 있는 사람에게 별은
꿈으로 보이기도 하고

배가 고플 때 별은
맛있는 과자처럼 보이기도 한다

자신에게 가장 중요한 것으로 보이는 별
당신에게 밤하늘의 별은 무엇으로 보이는가

어머니와 밥을 먹고 돌아가는 길에 물어보았다
"엄마에게는 별이 뭐로 보여요?"

"자식."

—영화 '은교'를 보고 쓴 글

거절을
잘 하지 못하는
사람

평소에 거절을 잘 못하거나
자신의 의견을 잘 말하지 못하는 사람은
자신만의 기준을 세워놓으면 좋다.

예를 들어

특별히 먹고 싶은 게 없어도
"아무거나"라고 말하지 않고
메뉴는 내가 고르는 습관을 기른다든지.

부탁을 들어줘도
전혀 고마워하지 않는 사람에겐
"아니오"라고 말하는 습관을 기른다든지.

내가 집중해서 말하고 있지만

상대가 소홀하게 듣는다면
"이야기에 집중해달라"라고 말하는 습관을 기른다든지.

이런 사소한 기준은 중요하다.
이런 사소한 일은 삶에서
셀 수 없이 많이 일어나기에.

매번 돌아서서 후회하고 있다면
기준을 정해놓아야
후회를 줄일 수 있다.

이런 사소한 배려조차 나에게 해줄 수 없다면
나는 나에게 더 큰 배려를 해줄 수 없고
나의 삶은 나를 위해 존재하는 것이 아닌
타인을 위해 존재하는 것이 돼버린다.

나답게 산다는 건

값비싸지 않아도 내가 입고 싶은 옷을 사는 것.
내가 먹고 싶은 음식을 먹는 것.
조금만 마음먹으면 갈 수 있는 여행지에
미루지 않고 가보는 것.

나가기 싫은 모임에 나가지 않는 것.
하기 싫은 일을 미루는 것.
억지로 사람을 챙기지 않는 것.

날 힘들게 하는 사람을 무뚝뚝하게 대하는 것.
눈물이 나면 우는 것.
화낼 상황이라면 화도 내는 것.

내가 좋아하는 사람에게 고백하는 것.
보고 싶고 사랑하는 사람들에게

보고 싶고 사랑한다 말해주는 것.
하고 싶고 도전하고 싶은 일에 도전해보는 것.

(그 대신 내 인생을 정말 아낀다면
그 시간이 낭비되지 않게, 후회가 남지 않게
최선을 다할 것)

인생은 이렇게 살아도 됩니다.
내 것이니까요.

타인의 시선만을 너무 의식해 힘들었다면
나에게 나답게 살 수 있는 기회를 줘보세요.

당신은 지금보다 더 자신감 있게,
당당하게 살아가도 되는 사람입니다.

○

인생에서 가장 아름다운 계절은
봄도 여름도 가을도 겨울도 아닌

가장 나다웠던 계절이다

나는
내성적인 사람이다

나는 내성적인 사람이다.

혼자 있기를 좋아하고
낯을 많이 가리고
조용한 곳이 좋다.

여러 사람과 이야기하는 것보단
한두 사람과 집중해서 이야기하는 것이 좋고
사소한 것도 쉽게 지나치지 못해
작은 일을 결정할 때도 오랜 시간이 걸린다.

이런 점에서 스스로 힘듦을 느껴

한때는 작은 일은 쉽게 쉽게 넘기고
밝고 에너지 넘치게 사는 외향적인 사람들을 보면

나도 그래야 할 것 같고

그러지 못한 내가
잘못 살고 있는 건 아닌가 하는 생각이 들어
억지로 밝은 척 에너지 넘치는 척 살기 위해
노력하기도 했다.

하지만 오히려 그것이
내 삶을 더 힘들게 한다는 걸 깨달았다.
내가 아닌 모습으로 타인을 흉내 내며 산다는 건
내성적인 성격으로 사는 것보다 더 어려운 일이었다.

점점 어른이 되면서 깨달았다.
내성적인 성격이 문제가 아니라
그것이 나의 색깔이고 나의 에너지라는 걸.

여러 사람보다 한두 사람의 이야기를 듣는 걸 좋아해
그들의 감정에 더 집중하고 깊게 공감할 수 있었고
작은 변화도 잘 살펴 다른 사람의 마음을 알아주고
상처 주지 않을 수 있었다.

혼자 있을 때는 내가 좋아하는 일을 상상하며
더 몰두할 수 있었다.

내성적이든 외향적이든
어떤 성격이든 모두 장단점은 있다.
그러니 자신이 지금 어떤 성격이라고,
못난 사람이라고 낙담하거나 좌절할 필요 없다.

단점만 보았다면
이제 장점도 보면 된다.

당신이 어떤 성격이든 분명
당신은 당신만의 에너지를 가진 사람이기에.

너는 너라서 아름답다

내 마음대로 되는 것보다
마음대로 되지 않는 게
훨씬 더 많다

사람 관계에서
이 사람이 이렇게 해줬으면 좋겠는데
이렇게 하지 않으면 서운하고 미워진다.

일을 잘하고 싶은데
내가 못난 건지
뒤처지기만 하는 것 같다.

SNS를 보면
남들은 좋은 음식, 즐거운 사진도 많이 올리는데
나만 매일 반복되는 하루 속에 있는 것 같다.

하지만 이런 감정을 느끼는 건
잘못된 게 아니라
당연한 것일지도 모른다.

나와 당신뿐만 아니라
많은 사람들이 느끼는 감정이기에.

우리는 아주 미약한 모습에서 시작했다.

그러다 친구도 사귀고 사랑하기도 하고 상처도 받고
처음 사회에 나와 일도 하고 실패도 해보고
혼자 울기도 하고 무조건 버텨보기도 하고.

모든 것에 익숙하고 능숙하길 바라기엔
우린 아직 젊은 청춘이기에
어쩌면 마음처럼 되지 않는 건
당연한 걸지 모른다는 생각이 들었다.

당신은 어떠한가.
거울을 보면 아직 세월을 다 만나지 못한
여린 한 사람이 있을 것이다.

너무 많은 짐을 짊어지고 있다면 조금 내려놔도 좋다.
꼭 짊어져야 할 짐뿐이라 내려놓을 게 없다면
마음의 짐이라도 내려놓자.

분명한 사실은
아직 잘하지 못하는 게

당연하다는 것이다.

이 길이 아니라 생각하면 포기해도 좋다.
아주 새로운 시도를 하고 싶다면
시작해도 좋다.

우린 이곳이 전부인 줄 알고 실망하지만
앞으로 열고 나아가야 할 문은 많고
그 문 뒤에, 세상 어딘가에
내 인생의 가장 큰 행복도
내 인생의 가장 멋진 모습도 기다리고 있을 테니.

계속 계속 걸어나가 보자.

어느 곳을 향하든
청춘의 시간은
무한한 가능성을 지닌다.

○

힘들 땐
나를 비하하고

지칠 땐
더 계속해야 한다 하고

아플 땐
늘 괜찮은 척, 밝은 척하라는

나는
나에게 너무 미안한 사람이다

부정적인 생각을
무시하는 연습

나는 예민한 편이라 말 한 마디 한 마디에도
신경을 쓰는 편이다.
내가 하는 말이든 상대가 하는 말이든.

모임을 나갔는데
친구가 나의 성격을 가지고
기분 나쁜 말을 한 적이 있었다.

평소 같으면 그 말을 왜 했는지 생각해보고
그 친구가 잘못했다 생각해
한동안 미워했겠지만

그럴수록
그렇게 따지고 생각할수록
내 삶이 더 불행해진다는 걸 깨달았다.

그래서
무시하는 연습을 하기로 했다.

하루에 있었던 어떤 안 좋은 일들을
항상 돌아서서 생각하고 따지고
부정적으로 결론을 내리는
습관을 버리기 위해

부정적인 일들을
부정적으로 판단하지 않고
그렇다고 억지로 긍정적으로 판단하지도 않고
무시했다.

물론 처음에는 잘되지 않았지만
그 순간을 넘기니
늪에 빠진 듯 몇 날 며칠을 생각하느라
오래 낭비한 시간을 줄일 수 있었다.

하루에 일어나는 부정적인 일들에 대해
어떻다고 말하거나 생각하지 말고
무시해버리자.

그럼 자연스레 기분 좋은 날들을
많이 얻게 될 것이다.

그만 걱정하세요
일어나지 않은 일들을
이미 일어난 일인 것처럼

그만 기죽으세요
몇 번 잘하지 못한 걸로
앞으로 평생 잘하지 못할 사람처럼

그만 아파하세요
최선을 다했으면
어쩔 수 없는 일이었고 당신 잘못도 아닙니다

그리고 늦지 않았으니
다시 시작하면 됩니다

나는 나를
사랑하지 않았기에
다른 사람이 주는 사랑도
의심했다

사실 나는 지금까지 나를 가짜로 사랑했다.
잘하지 못한 날은 나의 쓸모를 자책하며
정말 많이 미워했다.

잘하지 못한 어느 날,
강연을 끝내고 집에 왔는데
우연히 씻고 나오신 어머니의 배를 보게 되었다.

어른이 되고 나서 처음 본 배였고
그날 나는 그 배를 보고 정말 많이 울었다.

어머니의 배에는
지금까지 단 한 번도 보지 못한
정말 많은 흉터와 상처가 나 있었다.

삼 형제인 우리를 낳으시느라
몇 번이나 배가 불렀다 줄어들고
불렀다 줄어들고
불렀다 줄어들고 하면서
튼 살과 흉터가 가득했다.

눈물이 난 건
그 흉터 하나하나에서
그동안 내가 나를 성과가 없다고 미워하고
내가 세상에 필요 없고
쓸모없는 사람이라고 생각했던 게 떠올라서다.

적어도
내가 나를 미워해서는 안 되는구나.
나는 소중한 사람이구나.

뭘 잘해서가 아니라
어머니의 배에 저 많은 흉터를 남겼으니
존재만으로도 너무 소중한 사람이구나.

그 후로 나는
나라는 존재 자체를 조금 더 사랑하려고 한다.

잘하지 못한 내가 가끔 미울 때면

당신도 당신의 어머니를 생각하며
당신을 사랑할 수 있기를 바란다.

세상이 잠시 빛을 주지 않는다 해도
이미 빛나고 있는 세상에
하나뿐인 보석이라는 사실을 기억하며.

깜깜한 길 곧 끝날 거야
끝까지 꼭 가보는 거야

○

나를 외롭게 하는 건
"나"입니다

나를 괴롭히는 것도
"나"입니다

나를 못났다 생각하는 것도
"나"입니다

이제 나를 안아주세요

나를 가장 사랑할 수 있는 것도
"나"입니다

당신은 우울함에서
빠져나올 수 있다

(미진) 우울한데 딱히 이유를 모르겠어요. 원래 좋아하
던 것도 예전 같지 않고…. 겉으로는 밝은 척, 괜찮은
척하지만 즐겁거나 기쁘지는 않아요.

○

친구들과의 모임이나 회사에서 우리는 재미를 강요당한다.
즐겁게 일해야 할 것 같고 힘든 표정도 감추어야 하고 웃음도 강요당한다.
나는 별로여도 친구들이 좋다고 하면 나도 좋아해야 할 것 같고
관심 없는 얘기가 나와도 열심히 들어주고 맞장구쳐주기도 한다.

시간이 지날수록 내가 날 위해 사는 건지
남들 기분에 맞춰 주기 위해 사는 건지 헷갈린다.

내가 재미있는 게 뭔지
내가 좋아하는 게 뭔지

어떤 것에 심장이 뛰었는지
심장이 점점 멎은 채 살아간다.

이렇게 어느새 우울함은 가까이 찾아온다.

(글배우) 왜 우울한지 스스로 물어보고도 명확한 이유를 찾지 못
했다면 질문을 바꿔보세요. "내가 어떻게 하면 기쁘고 즐거울 수
있을까?" "다시 내 심장을 뛰게 하는 일은 무엇이 있을까?"

　　　잃어버린 즐거움과 기쁨을 어떻게 찾아야 할지 모르
　　겠어요.

그럼 우선 집에서 나와 걸어보세요. 걸으며 생각해보세요. 내가
어떻게 하면 즐겁고 기분이 좋을지 생각이 날 때까지 한 시간이
되었든 두 시간이 되었든 걸어보세요.

　　　주말에 개봉하는 영화가 생각나는데, 친구들은 별로
　　라고 해서 저번에 다른 걸 봤거든요. 이번에 혼자 가
　　서 보려고요. 그게 나을 것 같아요.

　　　*
　　　볼 때는 좀 괜찮았는데 우울함이 나아지질 않아요.

그럼 밖으로 나와 또 걸어보세요. 밤에는 걷기 좋아요.

한 시간이나 걸었어요. 다음 주말엔 연락을 자주 못
한 친구에게 가보려고요. 같이 유명한 맛집에도 갈 거
예요.

*

친구랑 있을 때는 맛있는 걸 먹으며 즐겁고 좋았는데
집으로 와서 혼자가 되니 다시 우울해져요.

그럼 다시 나와 또 걸어보세요.

오늘도 한 시간이나 걸었어요. 다음 주는 친구를 만
나서 서점에 가보려고요. 일본 여행에 관한 책도 사
고. 예전부터 일본 여행을 가고 싶었는데 4박 5일로
여름휴가 계획을 짜 보려고요.

*

오늘은 정말 재밌었어요. 친구도 일본에 같이 가기로
했거든요. 다음 주는 그 친구랑 맛있는 걸 먹으며 계
획을 좀 더 구체적으로 짜기로 했어요. 책을 보니 온
천이 정말 좋대요. 꼭 가보고 싶어요. 다음 주가 기대
돼요.

처음보다 지금 마음이 좀 나아졌나요?

네. 훨씬 괜찮아졌어요.

○

우울하면 몸을 움직이기 싫고
아무것도 하기 싫고
기쁨과 즐거움도 없이 마음이 공허하다.

이때 술로만 채우면 몸은 더 상하고
공허함은 마음에 구멍이 생긴 듯 더 커진다.

걸으면서 몸을 움직이고, 즐거운 일을 생각하고, 찾는 것 자체가
우울함의 증상과 반대되는 행동이기에 우울함을 밀어내게 된다.

겨울을 밀어내는 봄처럼
어둠을 밀어내는 햇살처럼
타인을 위한 웃음이 아닌
나를 위한 진심 어린 웃음만이
우울함을 밀어낼 수 있다.

만약 걷는 게 귀찮고 우울함을 떨치기 힘들면 어쩌죠?

그렇다는 것 자체가 우울한 증세예요. 내가 그렇다고 인정하면 계속 우울한 상태로 우울함이 깊어지도록 응원하는 거예요.

저는 원래 좀 게을러서 힘들어요.

원래 게으른 사람은 세상에 없어요. 원래 게으르다고 하는 사람도 자신이 좋아하는 관심 분야는 누구보다 열심히 해요. 게으르다는 건 의욕이 없는 게 아니라 단지 내 의욕을 불러일으키는 일을 못 찾은 거예요.

일본도 가게 되고 계획을 짜느라 지금은 우울함이 사라졌지만 또 우울함이 찾아오면 어쩌죠?

사실 우울함 자체는 나쁜 게 아니에요. 당연한 거죠. 오래 뛰면 목이 마르듯, 잠을 못 자면 피곤하듯 사람들과 함께 억지로 계속 웃고 나면 혼자 있을 때 지치고 슬플 수 있잖아요. 나에게 슬퍼할 시간도 주는 거죠.
　그런데 문제는 이 우울함이 계속된다는 거예요. 피곤할 때 잠을 자는 건 나쁜 게 아니지만 계속 잠만 자고 싶다면 문제가 되는 것처럼요.
　우울함이 찾아올 때마다 한 번 두 번 내 의지로 우울함을 벗어나다 보면 다시 찾아와도 처음처럼 그렇게 무섭지는 않아요. 빠져나오는 방법을 알았으니까요. 지금 우울함이 무섭고 마냥 힘든 건 이게 언제 끝날지 모르기 때문이에요.

알겠어요. 게으르다 생각하지 말고 몸을 움직이며 걷고 즐거운 일을 생각하고 실행해보라는 거죠?

그런데 즐겁고 기뻤던 일이 막상 별로 도움이 안 된다거나 다시 시들해지면요? 즐거운 일이나 기쁜 일을 계속 찾아봤는데 찾지 못하고 우울해지면 어떻게 하나요?

찾아본 일이 실제로 나에게 도움이 됐는지 안 됐는지는 중요하지 않아요. 중요한 건 우울할 때 계속 걷고 움직이며 즐거운 일을 상상하고 실행하는 것 그 자체죠. 이렇게 하다 보면 즐거운 일을 계획하는 것에도 익숙해지고 삶이 즐거워질 확률도 높아질 거예요.

○

어느 날 까만 밤이 왔다.

손에 들고 있던 불빛이 너무 작아
밤이 무서웠지만
밤하늘을 올려보니
멀리 있는 작은 별보다
가까이에 있는 불빛이 더 큰 별로 보인다.

신기하다.
내 손에 든 불빛이 내가 마음먹기에 따라

쓸모없는 빛이 될 수도 있고
어둠을 밝히는 별이 될 수도 있었으니까.

내 안에 작은 즐거움을 찾아
우울함과 맞설 수 있기를 바란다.
그리고 시간이 지나 당신의 밤하늘에
당신이 찾아낸 즐거움들이
수많은 별이 되어 반짝이길….

4

우리가 함께 있을 때가
가장 아름다운 순간이다

사람에게 받는
상처가 제일 크다

누구도 상처 없이는
함께 살아갈 수 없다.

아무리 내가 조심하고 조심해도
여지없이 가시 같은 말이 하루를 망치고
아무리 긍정적으로 생각해도
절대 긍정적으로 생각할 수 없는 일은
분명 존재하니까.

상처를 더 크고 오랫동안 남기는 건
착한 사람이 되어야 한다는 강박이다.

좋은 관계를 위해
억지로 이해하기 위해
상처 준 타인의 행동을 반복해서 생각하며

스스로의 상처를 짓누른다.

상처받았다면 그건 그냥 상처인 것이다.
나에게 문제가 있어
상처받지 않아도 될 일로 상처받은 게 아니라
내가 아프다면
그건 그냥 지금 나에게 난 상처인 것이다.

무릎에 상처가 났다면 스스로 상처라고 인정해야
치료가 가능하고 대비도 가능하다.
인정하지 않으면 치료도 대비도 할 수 없어
오랫동안 지워지지 않는 흉터가 된다.

상처는 억지로 이해하는 게 아니라
인정하고
상처 준 사람이 미우면 미워하고
아프면 아파해야 하는 것이다.

상처받은 내 편에 서서
나를 위로하는 것이다.

그리고 말해야 한다.

당신의 행동은 상처가 되었고

다음부터는 그러지 않길 바란다고.
좋게. 타인에게 같은 상처를 주지 않기 위해.

그것만으로도 나에게 상처 준 사람에게는
충분한 존중이다.
그래야 건강한 관계가 유지되며
그 후의 시간부터 상처를 치유할 수 있다.

상처를 숨긴다면 상처는 계속 상처가 된다.

배고픈 상대를 진심으로 도와주기 위해선
우선 내가 배고프지 않아야 한다.

내가 배고프다면 얼마 가지 못해
도움 주는 일은 지칠 것이며
상대가 내 도움을 몰라주었을 때
내가 힘든 만큼
서운함의 상처도 몇 배가 된다.

이런 식이라고 하면
처음 관계에서는 사랑을 받을지라도
누구와도 오랜 관계를 유지하기 어렵다.

착한 사람 콤플렉스에서 나오는 방법은

우선 지치고 배고픈 나의 배를
먼저 따뜻하게 채우는 것이다.

그동안 많은 사람에게 마음을 나누어주느라
허기진 내 마음도 한번 돌아봐 주자.

내 마음이 나에게 참 고마워할 것이다.

앞으로 마주할 상처로부터
타인이 아닌 나를 먼저 지키는,
나에게 착한 사람이 될 수 있기를 응원한다.

○

나를 쉽게 생각하는 사람은
시간이 지날수록
나를 더 쉽게 생각한다

나에게 못되게 구는 사람은
시간이 지날수록
더 당연하게 생각한다

계속 참을 수는 있겠지만
계속 아플 수 없기에

나는 함부로 하면 안 되는 사람이며
나는 아주 소중한 사람이라고
말할 수 있어야 한다

○

관계는 점점 어려워졌고
마음도 점점 어두워져갔다
그리고 알게 되었다

내가 아무리 노력해도
나를 싫어할 사람은 싫어한다는 걸

내가 아무리 배려해도
고마움을 모르는 사람은 계속 모른다는 걸

내가 아무리 먼저 연락해도
필요할 때만 연락하는 사람이 있다는 걸

나를 아프게 하는 사람을 위해
나를 더 이상 아프게 하지 말아야지

왜 그랬을까가 아닌
어떻게로 고민해야
상처에서 빠져나올 수 있다

'왜 그랬을까?'에 집중하다 보면
어느새 상처에 또 다른 꼬리가 생겨
긴 생각만을 갖게 된다.

예를 들어
누군가 나에게 가시 돋친 말로 상처를 주었다.

그 사람이 나를 쉽게 생각하고 무시해서인지,
그 사람이 나를 싫어해서인지,
그 사람이 아무 생각 없이 말한 건지.

왜 그랬는지를 생각할수록
분노만 일어나고
부정적인 상상과 추측이 더해져
그 고민에서 빠져나올 수 없다.

아무리 생각해도 직접 물어보지 않는 이상
사실은 알 수 없으니 길었던 생각을 멈춰보자.

'어떻게'에 집중하자.

행동으로 비유한다면
'왜 그랬을까?'를 계속 생각하는 건
앞으로 나아가지 못한 채 상처를 계속 뒤돌아보는 것이고
'그래서, 어떻게?'라고 묻는 건
상처에서 벗어나 한 발 앞으로 걸어나가는 것이다.

누군가 나에게 가시 돋친 말로 상처를 주었다.
'그래서, 어떻게?'

첫째, 가시 돋친 말이 싫으니 표현하지 못하게 한다.
둘째, 표현을 못하게 하고 싶지만 어쩔 수 없는 상황이니
생각하지 않고 넘어간다.
셋째, 어쩔 수 없는 상황이지만 내 권리를 잃고 싶지
않으니 최대한 좋게 말한다.

세 가지 중 하나를 선택하고 고민을 멈추자.

더 이상 생각하거나 상상하는 건
아직 일어나지 않은 일에 대한

상상이고 걱정일 뿐이다.

우리가 '왜?'에 집착하는 이유는
사실을 있는 그대로 받아들이기 싫어서다.

누군가 나를 싫어한다는 사실을
인정하기 싫어서.
누군가 나를 함부로 대한 것에 자존심이 상해
인정하기 싫어서.
누군가 나보다 다른 사람을 더 좋아하는 걸
인정하기 싫어서.

마음이 불편하겠지만
상처를 인정하고
앞으로의 방향을 정하는 것이
상처에서 빠져나와 다시 웃음을 찾을 수 있는
유일한 방법이다.

○

흐린 날을 애써 기억할 필요 없다
언제 그랬냐는 듯 밝은 날이 또 올 테니까

이별에
힘들어하는
당신에게

아픔을 잊는 방법은
충분히 아파하는 것이다.

살면서 우리는 심장 일부를
떼어 보내줘야 한다.

원치 않는 사랑의 이별이 그렇다.

20대 때 3년간 만난 여자친구가 있었다.
미래를 함께 그리고 힘들 때나 좋을 때
가장 먼저 생각나고 찾던 사람.

늦은 나이에 처음 작가의 꿈을 말했을 때
남들은 다 아니라고 해도
부족한 나를 항상

잘할 거라고 믿어주었던
내가 제일 사랑했던 사람.

그러나 결국 나를 속이고
나와 제일 친한 형과 마음을 나누어
나를 가장 아프게 했던 사람.

혼자 남은 사랑을 다 지우지 못하고
어디에 두어야 할지 몰라
둘이 있어야 할 마음의 공간에
오랫동안 홀로 남겨두게 되었다.

혼자 남은 사랑 곁에는
그리움이 자주 찾아왔다.
그리움은 가장 슬픈 모습을 하고
오랫동안 내 곁에 남았다.

그러나 당시에 나를 믿어주었던
그 아이의 믿음이
진심이든 아니든
진심으로 고맙다.

내가 제일 사랑하는 그 아이가
할 수 있을 거라 믿어준 순간부터

내가 진짜 할 수 있는지 없는지는
중요하지 않았으니까.
오직 그 아이의 믿음에 부응하기 위해
낮과 밤 없이 열심히 노력해
꿈꾸는 모습이 되려고 노력했으니까.

이별은 딱 진실했던 만큼의 상처를 남겼다.

당시 슬픔을 잊기 위해 내가 한 일은
슬픔을 아주 꼭꼭 숨겨둔 채
일부러 바쁘게 살며 사람들을 만나 웃고 떠들며
괜찮은 척 살아가는 것이었다.

그러나 1년이란 시간이 지났는데도
전혀 괜찮아지지 않았다.

혼자 있는 시간에는
어김없이 그 아이 생각이 찾아와
나를 무너뜨리고 또 무너뜨렸으니까.

그러다 어느 순간부터
참지 않고
그냥, 아파했다.

눈물이 나면 참았던 눈물을 흘리고
그리우면 그리워하고
보고 싶으면 보고 싶다는 생각도 하고
정말 슬프지만 슬픔을 참지 않았다.

슬픈 것도 힘든데
거기다가 괜찮은 척까지 하라는 건
나에게 너무 미안한 것 같아….

그렇게 한동안 충분히 슬퍼하며 울고 아파하니
어느새 이제는 그만 울고 싶다는 생각이
진심으로 들었다.

그전에는 울면 안 될 것 같아,
한번 울면 막연하게 계속 울게 될 것 같아
두려움에 울음을 참았다면
다 울고 나니 이제 그만 아프고 싶다는 생각이
마음속에서 진심으로 들었다.

피곤할 때 잠을 푹 자고 일어나면
이제 그만 자고 싶지만
피곤할 때 졸음을 참으면
참을수록 더 졸린 법이다.

슬픔은 그런 것이었다.
참으면 참을수록 지워지는 것이 아니라
마음속 한편에 자리 잡은 채
문득문득 계속 고개를 든다.

아픔을 잊는 방법은
충분히 아파하는 것이다.

이별했다면
당신은 마음껏 울어도 된다.
아니 울어야 한다.

이별은 견딜 수 없을 만큼 아픈 것이기에
실컷 울고 아파하자.
이별은 견딜 수 없을 만큼 아픈 것이기에
견디기 위해선 울어야 한다.

참았던 눈물과 아픔을 다 쏟아내고 나면
당신은 분명 괜찮아질 거라 믿는다.

이별했다고 삶이 끝난 것은 아니다.

남자친구와 7년을 만나 연애했지만
친구와 그 남자가 마음을 나눴고

자신이 못났기 때문에 남자친구가 떠나간 것 같아
죽고 싶을 만큼 힘들다며 사연을 보낸 분이 있었다.

그리고 1년이 지난 어느 날
강연장에 그녀는 결혼을 약속한 멋진 분과 함께 왔다.
진심으로 편안해 보이고 행복해 보였다.

사랑은 그런 것이다.

하나의 사랑이 끝났다고
영원히 내 인생의 사랑이 끝난 것이 아니라
나를 위한 사랑은 분명 세상 어딘가에서
나를 기다리고 있다.

다음 사랑이 있을 거라 믿지 않았다면
아직도 아파하고 있었겠지.

그녀가 말했다.

"아파하되 스스로를 미워하면
안 된다는 걸 깨달았어요.
스스로를 미워하면
그 누구도 다시 사랑할 수 없으니까요."

아무것도 아닌 지금은 없다

이별은 슬프지만 나를 미워할 이유는 되지 않는다.
이별의 탓을 자신에게 돌리지 마라.
사랑에 이유가 없듯이
이별에도 이유가 없다.

그냥 그 사람은 헤어질 수밖에 없는 사람이었다.
그 대신 어딘가에 더 좋은 사람이
당신을 향해 걸어오고 있을 것이다.

그렇게 믿어도 된다.

당신은 다음 사랑을 믿어도 되는
충분히 괜찮고 좋은 사람이니까.

○

햇살이
내게 들어와 말했다
세상에서 가장 따뜻하게 해주겠노라고

그리고 밤이 되자
말없이 떠나갔다

눈물이 났다

햇살이 미워서가 아니라
함께한 추억을 잊을 수가 없어서

보고 싶은 건
멀어질수록 더 보고 싶다

○

여름이란 계절에도
가끔은
봄 같은 사람이 찾아온다

영원히 내 곁에
있어줄 친구

영원히 내 곁에 있어 줄 친구는
오랜 친구가 아니라
오랫동안 내가 소중히 아껴줄 수 있는 친구다.

10년간 우정을 쌓은 친구와 멀어진 적이 있다.

우리는 같은 초중고등학교를 나온
둘도 없는 단짝 친구였다.
그 친구가 있는 곳엔 내가 있었고
내가 있는 곳엔 그 친구가 있었다.
사건 사고도 많았지만 그만큼 추억도 깊었다.

마냥 어릴 것 같은 우리도 시간이 지나 어른이 되었고
어른이 되면서 각자의 자리를 지키느라
어릴 적만큼 함께하는 시간은 줄었지만

언제 봐도 함께 있으면 편안했다.

그러나 시간이 지날수록 소중함은 당연함이 되었고,
어떤 행동도 이해해줄 거라는 생각에
친하다는 귀한 이유가 서로 간의 배려는
점점 지워도 되는 이유로 변해가고 있었다.

서로가 서로를 가장 잘 안다 생각하고
그 생각만큼 기대가 생겼다.

날 늘 이해해줄 거라는 기대.

친구가 이사하는 날.
나는 일을 시작한 지 얼마 되지 않았을 때였고
갑자기 주문이 밀려서 가지 못하게 되었다.

당연히 나를 이해해줄 거라고 기대하며
기다리는 친구에게
내가 못 가는 걸 장난스럽게 함부로 말했다.

그 친구는 타지에서 친구도 없이 이사하느라
이틀 동안 혼자 그 많은 짐을 날라야 했다.

적어도 진심으로 미안하다는 말과

가지 못한 이유를 진지하게 이야기해야 했지만
친하다는 이유로,
당연히 이해해줄 거라는 생각으로
가장 쉽게, 모든 걸 소홀하게 대했다.

그리고 말을 언제나 함부로 하고 무시했다.
그것이 친하기에 가능하다는
말도 안 되는 착각을 하며
가장 아껴줘야 할 오랜 친구를
오랫동안 가장 함부로 대했다.

이렇게 작은 일부터 큰일까지
서로 감정이 쌓이고 쌓여
오랜만에 보았을 때는
서로가 억지로 밝은 척했지만
예전과 다르게 보이지 않는 벽이 생긴 듯 어색했다.

그때라도 말했어야 했다.
"이런 게 서운했고 이런 건 내가 잘못했어."
"나에게 서운한 건 없었니? 괜찮니?"

좋은 친구는 언제 봐도
변함없이 친구가 맞지만
친구도 사람이기에 변한다.

나 역시 변하고.

그래서 계속 친구로 남기 위해선
변하는 서로에게 맞춰가는 노력이 끊임없이 필요하다.

사람 관계는 높은 탑을 쌓는 것과 같아
탑을 쌓는 데는 오랜 시간이 걸리지만
무너지는 건 한순간이 되기도 하고
지속적인 노력이 없다면 탑의 높이와 상관없이
작은 바람에도 쉽게 흔들린다.

이 글을 쓰는 지금,
곧 만날 20년 벗인 친구와의 화해를 기다리고 있다.
잊고 싶었던 기억을 꺼내어 쓰는 글이지만
관계 문제로 고민하고 있는 누군가에게
소중한 인연 하나를 지킬 수 있는 글이 되길 바란다.

우정을 지켜 미래의 자녀에게 혹은 지금의 자녀에게
엄마, 아빠의 제일 소중한 친구라고
내 옆에 있는 그 친구를 소개할 수 있기를.

○

당연한 연락
당연한 만남
당연한 관심
당연한 마음

세상에 당연한 것은 없습니다
모두 고마운 것들이죠

잊지 마세요

옆에 있는 당연한 사람에게
가끔 고맙다고 말하는 것을

○

내 마음을 온전히 털어놓을 친구가
한 명쯤 있다면

몇 번이고 꺼내볼 추억을 나눌 친구가
한 명쯤 있다면

내 눈물을 자기 눈물만큼 아파할 친구가
한 명쯤 있다면

당신은 가난해도 가난한 사람이 아닙니다

힘든 세상 함께 걸어가 주는 이가
한 명쯤 있다면

친구에게
서운한 게 있으면
말하세요

친구에게 서운한 게 있으면 말하세요.

말하지 않고 혼자 생각하다 보면
사실보다 훨씬 더 크게 생각하게 돼요.

남의 다친 상처보다
내 손에 박힌 작은 가시가 더 아프기에
다른 사람의 문제는 객관적으로 조언해줄 수 있지만
내 서운함과 문제는 객관적으로 보기 힘들어요.

말한다고 당장 마음이 풀리진 않겠지만
말하고 나면 분명 소중한 인연 하나를 지킬 수 있습니다.

계속 참을 수도 있겠지만
당신이 계속 아플 수는 없기에 말해야 해요.

그러지 않으면
아프지 않기 위해 어느새 그 친구를 피하게 됩니다.

내 마음을 잘 알 거라 생각하면서
말하지 않아놓고
그 친구가 몰라준다고 서운해하는 게 아니라
상대방 기분이 상하지 않게 먼저 대화해보세요.

"나는 이게 서운하다. 너 때문이다"라고 말하면
이해해줄 친구는 세상에 없어요.

서로의 잘못을 터놓고
같이 더 좋은 방향으로 나아갈 수 있는,
결론이 있는 대화면 좋겠어요.

힘들어하는 친구에게
자꾸 정답을 말하려 하지 마세요.

정답은 그 친구도 이미 알고 있어요.

당신의 그 똑똑한 조언은
다시 시작할 힘이 없어 넘어진 친구에게
전혀 필요하지 않아요.

너를 위해 하는 말이라며 말하지 말아요.
누구를 위한 말도 아니니까요.

당신이 할 일은 같이 아파해주는 일입니다.

힘들 땐
옆에서 누군가 마음을 알아주는 것만으로도
안아주는 마음이 들어 큰 힘이 됩니다.

○

내 상황만 생각한다면
누구와도 오랜 관계를 유지할 수 없습니다

속상하고 화도 나겠지만
상대방의 입장에서도 이해하려고
한번 생각해보세요

아주 악한 사람이 아닌 이상
나에게 일부러 피해를 주는 사람은 없습니다

오해는 살면서 언제든 있고
그럴 때마다 사람을 미워하면
결국 지치는 건 나입니다

○

관계가 오래될수록
돌처럼 튼튼하지만
돌처럼 마음이 무뎌지지 않게
자주 물어봐 주어야 해요

똑똑

잘 지내니?
내 소중한 사람

사람과 사람 사이의 온도

한쪽이 맞출 때보다
서로가 맞출 때
더 오래 따뜻하다

존중하고
존중해주세요

존중하고 존중해주세요.

당신이 무시해도 되는 친구는 아무도 없어요.
어른이 될수록 서로를 존중하고 인정해주세요.

어릴 때 친구라고 어른이 되어서도
친구를 어릴 때 대하듯 함부로 대하면
나이를 한 살, 두 살 먹고
세월이 흐를수록
아무도 당신과 함께하려 하지 않을 거예요.

어른이 될수록
자신이 존중받고자 하는 행동의
기준치도 당연히 높아지니까요.

어릴 때는 괜찮았던 행동도
어른이 되면서 불편해질 수 있어요.

그러니 상대가 불편해한다면
어렸을 적 행동을 이해해주지 못한다고
친구가 변했다고 투정부리지 말아야 해요.

막 대하는 게 두 사람이 편하다고 하면 그렇게 하면 돼요.
그러나 대부분 막 대하면 막 대하는 사람만 편해요.

그 순간 웃고 넘어갈 순 있겠지만
막 대할수록 당연히 자신의 감정이 상하거나
상대의 마음을 상하게 할 가능성이 더 커지거든요.

그 위험한 가능성을 안고
당신은 평생 함께할 사람을
편하다는 이유로
막 대하고 싶은가요?

세월이 흘러 자녀가 보는 앞에서
당신 친구가 당신을 막 대하길
정말 바라나요?

존중하고 또 존중해주세요.

세월이 흐를수록 상대를 존중해야
그것이 내가 존중받을 수 있는 유일한 방법입니다.

이용하지 말아야 해요.

나의 이익을 취하려 할수록
착한 친구는 이용당해줄 거예요.

그가 멍청해서가 아니라
마음이 따뜻한 사람이고
당신을 소중하게 여기기 때문에.

당신이 그걸 모르고
이익을 취하는 게
당신이 지혜롭거나 영특해서라고 생각하면

시간이 지나 당신 주위에는 착한 친구는 떠나고
결국 당신과 똑같이 손해 보기 싫어하고
남을 이용하는 사람들만 남게 됩니다.

이익은 실력을 쌓고 노력을 통해 쟁취하는 것이지
가장 친한 친구에게서 취할 게 아닙니다.

오늘,
가장 소중하지만
그 소중함을 잠시 잊었던 친구에게
이렇게 말해주세요.

"그동안 나한테 서운한 게 많았지?
옆에 있는 것만으로도 정말 고맙고 사랑해."

이 글을 읽는 내내 생각나는 얼굴이 있다면
내 마음이 말하고 있는 거예요.
그 친구가 나에게 얼마나 소중한 사람인지를….

○

날씨가 흐리든 맑든
어느 날도 좋은 날입니다.
고마운 마음을 전하기에.

○

고맙다

변해가는 나의 곁에
변함없이 있어 줘서

〈오랜 친구〉

네가 좋다

나에게 뭘 주어서가 아니라
내가 많이 주고 싶은 사람이라서

연인을 못 믿겠어요

(경주) 남자친구를 못 믿겠어요. 전에 2년 동안 만났던 남자친구가 회사 동료와 바람을 피워 헤어졌던 상처 때문에 새로운 사람을 만나도 계속 의심하게 돼요. 너무 힘든데… 어떻게 해야 될까요.

(글배우) 지금 남자친구를 사랑하나요?

네. 진심으로 사랑해요. 평생을 함께하고 싶어요.

그럼 믿으면 되잖아요.

남자친구를 믿어요. 하지만 오랫동안 연락이 안 되면 불안하고, 혼자 상상하게 하고…. 예민해져서 작은 일에도 남자친구에게 쉽게 화를 내게 돼요. 사랑을 어디까지 믿어야 할까요?

우리가 함께 있을 때가 가장 아름다운 순간이다 ————

무조건 믿어야 해요.

○

사랑의 믿음에는 중간이 없다.
상대를 하루 종일 따라다니며
내 눈으로 사실을 확인한 게 아니기에
머릿속으로 상대의 말과 상황을
되돌려가며 생각해도 사실을 알 수 없다.

앞이 보이지 않을 때 사랑하는 상대가
돌이 있으니 조심하라고 말해도
믿지 못하고 멈춰 서서 무엇이 있는지
계속 혼자 의심하고 찾아내려는 것과 같다.

앞이 보이지 않을 때
웃으며 나아갈 수 있는 방법은
사랑하는 사람의 손을 잡고
사랑하는 사람의 목소리를 믿고
한 걸음씩 나아가는 것뿐이다.

내 눈으로 본 게 아니라면
백 퍼센트의 사실은 생각만으론 영원히 알 수 없다.
상대는 자신의 진실을 말할 테고
나는 그 진실을 믿을지 말지 선택하는 것뿐이다.

가장 믿어야 할 상대가 말하는 진실을 믿지 않을수록

나는 점점 더 무너진다.

그리고 상대방의 사랑도 무너뜨리게 된다.

당신이 속지 않기 위해 아무리 홀로 생각해도

마음만 먹으면 상대는 당신을 얼마든지 속일 수 있다.

그래도 당신은

당신의 사랑을 무조건 믿어야 한다.

당신이 사랑을 믿을 수 있다면

지금 상대가 설사 배신한다 하더라도

당신은 그다음 사랑도 진심으로 믿을 것이며

그렇게 계속된 믿음 끝에 결국

당신의 믿음을 저버리지 않는

당신과 같은 사람을 만나게 된다.

그리고 상대도 당신을 백 퍼센트 믿으며

사랑을 지켜줄 것이며

함께 믿음으로 진정으로 행복한 사랑을 할 수 있다.

지금 누군가를 믿었다 속았다면

마음이 아프겠지만 다행인 것이다.

더 늦기 전에 그 사람이 아니라는 사실을 알게 되어

더 좋은 사람을 만날 수 있으니

오히려 나를 속인 그 사람을 불쌍하게 생각하자.
연인을 속이는 사람은
스스로 떳떳하지 못하기에
평생 다른 사람도 믿지 못하고
남을 의심하며 불안하게 살아간다.

사람은 늘 자신의 시선으로 세상을 바라보기에
의심이 많은 사람은 사실 자신이 떳떳하지 못해
남도 자신과 같은 생각을 하고 있는 게 아닐까 의심한다.

그리고 자신을 믿어주는 백 퍼센트 믿음도
쉽게 생각하고 속이기에
자신을 백 퍼센트 믿어주는 소중한 연인도
영원히 곁에 둘 수 없다.

세상에 백 퍼센트 믿어도 되는 사람이 있나요? 계속
상처만 받을까 두려워요.

분명 있어요. 그렇기에 사랑은 아프기도 하지만 여전히 우리는
사랑하고 싶어 하고 아름답다고 인식하는 건지 몰라요.

○

경주 씨처럼 과거의 그 사람을 백 퍼센트 믿었던 사랑

그리고 서로를 몇십 년간 믿으신 부모님의 사랑

그리고 또 할머니와 할아버지가 서로를 한평생 믿어오신 사랑

백 퍼센트 서로를 믿는 사랑은 세상에 분명 존재하며 훨씬 많다.

백 퍼센트를 믿다가 상처 받으면요?

백 퍼센트 믿었다가 설사 상처 받는다 해도 그게 나아요. 평생 사랑을 믿지 못해 불안하게 살다가 정말 평생 나를 믿고 사랑해 줄 사람의 사랑까지도 의심해 놓치게 되는 것보다는요.

○

너무 안타까운 일이다.

과거의 상처 때문에

계속 상처 속에서 살아간다는 건

너무 불공평하고 억울하기에.

그러니

과거의 기억으로 사랑에 대한 믿음을 잃어

사랑하면서도 사랑하지 못하고 있는 누군가가 있다면

다시 사랑을 믿었으면 좋겠다.

우리가 함께 있을 때가 가장 아름다운 순간이다

그동안 매일 불안해하며 힘들어한 자신을
상처로부터 낫게 하는 건
계속되는 의심이 아닌 믿음뿐이다.

그리고 당신은
진심으로 멋있는 사람이다.

상처가 있지만 그럼에도 불구하고
사랑을 믿기 위해 노력하는 것 자체만으로.

과거의 누군가를 진심으로 백 퍼센트 믿었던
당신의 진실한 사랑은
결코 틀리지 않았다.

분명 당신과 같은 진실한 사랑이
세상 어딘가에서 당신을 기다리거나
지금 당신 옆에 있을 것이다.

믿어도 좋다.
아름다운 사랑을
사랑하는 동안에.

우리가 함께 있을 때가
가장 아름다운 순간이다

5

용기 내도 좋다,
살아가는 모든 날

내 꿈을 찾을 수 있을까
나는 어디로 가야 할까

우리가 공무원이 되려는 이유
대기업에 들어가려는 이유
좋은 회사에 들어가려는 이유는 뭘까요?
결국 다 행복하기 위해서예요.

그럼 직업을 정할 때 잘 생각해봐야 해요.
남들이 좋다고 하는 직업이어서 좋아하는 건지,
아니면 내가 정말 좋아서 좋아하는 건지.

꿈은 사랑과 똑같아요.
다른 사람들이 좋은 사람이라고 소개해줘도
막상 만나보면 나한테는 별로인 사람일 수 있고
안 맞는 사람일 수 있어요.

나에게 맞는 꿈을 찾아야 해요.

그래서 내 선택을 타인에게 맡기지 말고
직접 선택해야 합니다.
나를 세상에서 가장 잘 아는 사람은
부모님도 아니고 친구도 아니고
바로 나이니까요.

나는 어떤 것에 관심 있는지 흥미를 느끼는지,
한 번 살아가는 인생인데 어떻게 살아가고 싶은지,
모른다고 모른 체하고 넘어갈 게 아니라
몇 달이고 고민해봐야 할 중요한 질문입니다.

지금 방향을 잃었다면 꼭 고민해보세요.
내가 어디로 가는지도 모른 채
속도만 내고 있지는 않은지.

스스로 물어도
좋아하는 게 뭔지 모르겠다면

내가 좋아하는 옷도
내가 좋아하는 음식도
내가 좋아하는 장소도
만나보고 겪어봐야만 알아요.

아무리 유명한 맛집, 장소, 옷도

겪어봐야 나와 맞지 않음을 알 수 있어요.

꿈은
머릿속으로 상상해서 정할 수 있는 게 아닙니다.
만나보고 겪어보세요.

그렇게 하다 보면
너무 힘들고 어렵고 잘 안 되는데
그럼에도 불구하고
내가 계속 잘하고 싶은 일이 있을 거예요.

"그게 꿈이에요."

아직 뭘 좋아하는지 모른다 해도
당신은 할 수 있는 게 없는 사람이 아니라
아직 많이 시도해보지 않은 사람일 뿐입니다.

괜찮아요.
실망할 게 아니라 문제를 알았으면
목표를 정해서 나아가면 되니까요.

물론 우리에겐 시간과 돈이 한정적이에요.
그래서 늦었단 생각이 들기도 하고요.
도전하기 어렵단 생각도 들어요.

꿈이 없어도 돼요. 정말이에요.

도전하지 않고 그냥 사는 게 행복하다면
도전하지 않아도 됩니다.
정말이에요.

그러나 지금 내 모습이 마음에 안 든다면
지금 가진 시간과 돈을
지금의 모습을 지키는 게 아니라
바라는 모습으로 변해가는 데 써야 해요.

내 인생에서
내가 좋아하는 꿈을 찾는 데 쓰는 돈과 시간은
가장 가치 있는 투자입니다.

꿈은 바뀔 수 있어요.
저는 작가라는 직업을 갖기 전까지
세 번 정도 직업이 바뀌었어요.

꿈이 바뀔 때마다 그동안 노력한 게
전부 의미 없는 게 아닐까 생각했는데
꿈 하나하나가 제 인생에서 분리된 게 아니라
그때의 배움, 노력과 실패, 깨달음의 시간들이
모두 다음 꿈과 연결되어 힘을 실어주었어요.

남들은 알아주지 않던 지난 꿈들의 실패가
저에겐 지금 꿈을 있게 한 시간들이 되었어요.
다른 사람의 힘듦에 공감할 수 있고
제 이야기로 글을 쓸 수 있게 되었거든요.

마지막으로
당신이 생각하고 있는 그 일,
분명 해낼 수 있는 일이에요.
그렇게 계속 노력과 꿈을 이어가다 보면
정말 대단한 사람이 되어 있을 거예요.

처음부터 대단한 사람은 없어요.
부족한 첫발의 시작과
대단한 노력만 있을 뿐입니다.

당신은 틀리지 않았다고
당신의 길 위에서
멋지게 증명해 나가시길 바랍니다.

진로를 선택할 때
가장 중요하게
생각해야 하는 건

진로를 선택할 때
가장 중요하게 생각해야 하는 건
내가 지금 잘하는 일인가가 아니에요.

그렇게 시작하면
나보다 재능 있고 잘하는 사람을 만날 때
이유도 잃고 의욕도 잃게 돼요.

나에게 즐거움을 줄 수 있는 일인가도 아니에요.
어떤 일을 하든 아무리 좋아하는 일도
일이 되는 순간부터 늘 즐거울 수는 없거든요.

힘든데도 계속하고 싶은가 물었을 때
"네"라고 대답할 수 있는 일을 하세요.

아무것도 아닌 지금은 없다

그럼 결국 잘하게 되고
잘하게 돼서 즐거움도 느낄 거예요.

○

잠시 어두워진 거야
별거 아니야
내일이면 더 밝은 별이 빛날 거야

용기 내도 좋다
살아가는 모든 날

지금 어떤 모습이든
씩씩하고 당당한,
강한 사람이 되기를

강한 사람이란 어떤 사람일까?

돈이 많고 직업이 좋은 사람일까?
인간관계가 좋은 사람일까?
성공한 권력을 가진 사람일까?

뭔가 부족하다.

장점이 어느 날 사라진다면
다시 약한 사람이 될 수도 있기 때문에.

*

오래전에 의류 사업을 할 때 알게 된 형이 있다.
찢어진 운동화에 도시락을 싸서 다니며

300만 원을 가지고 쇼핑몰을 준비하던 형.

찢어진 운동화에 매일 똑같은 옷.
창피할 텐데 그 형은 뭐가 어떠냐는 듯
남들이 무시하는 자신의 약점은 아랑곳하지 않고
오히려 의류 시장에서 누구보다 밝게 인사하며 당당했다.

아르바이트 때문에 늦게 나오는 날이면
찢어진 운동화나 반찬 없는 도시락을
부끄러워한 게 아니라
늦게 나온, 열심히 하지 못한 자신을 부끄러워했다.

형은 가난했고 나이도 많았다.
좋은 대학을 나오지도 못했다.

그러나 내 눈에는
정말 강한 사람이었다.

강한 사람이란
약점이 없는 사람이 아니다.
약점이 없는 사람은 없기 때문에.

진짜 강한 사람은 약점도 부족한 점도 있지만
다른 사람들이 그 점을 알아도

묵묵히, 흔들림 없이 자신의 삶을
계속 걸어나가는 사람이다.

인생에서 지금 무엇이 부족한가는
중요하지 않다.
중요한 건 부족해도 계속할 수 있느냐이다.

계속할 수 있다는 건 반복할 수 있다는 것이고
반복할 수 있다는 건 결국
잘할 수 있게 된다는 거니까.

*

그 형이 들려준 이야기다.

자주 넘어지는 달리기 선수가 있었다.

뛰다 넘어지면 상처가 아프기도 아팠지만
사람들의 시선이 더 무섭고 창피했다.
자신의 약점을 들키는 것 같아서.

만약 약점을 들키지 않기 위해,
사람들 시선이 무서워
더 이상 뛰지 않았다면

실패한 선수로 남았겠지만

그는 자주 넘어지는 약점을
스스로 인정하고
부족해도 묵묵히 계속 연습해
누구보다 빠른 달리기 선수가 되었다.

약점을 가지고 태어났다면
스스로에게 약점을 극복할 기회를 주어야 하고
부족함을 알았다면
부족함을 채울 시간을 스스로에게 주어야
멋진 인생의 주인이다.

*

형은 꽤 크게 사업에 성공해
미국에서 디자인 학교에 다니며 공부하고 있다.

맑은 하늘 아래에서는 누구나 웃을 수 있다.

그러나 진짜 강한 사람은
하늘이 어두워져도
곧 다가올 맑은 하늘을 상상하며
웃을 수 있는 사람이다.

지금 마주한 하늘이 어둡다면
흘렸던 눈물을 닦고
곧 다가올 맑은 하늘을 상상하며
한번 웃어보자.

그것만으로도 당신은
강한 사람이 될 테니까.

나의 밤하늘에
자신감이 반짝이길

나이가 많든 적든, 돈이 있든 없든
누구나 자신감이 낮아지는 날이 찾아온다.

마음에는 무게가 있어
내가 더 무게를 두는 쪽으로
내 모습이 기울어져 변해가기 마련인데

용기 없다는 생각에 마음을 두면 겁쟁이가 되고
못났다 하는 생각에 마음을 두면
할 수 있는 일도 할 수 없는 사람이 된다.

그러니 우선 지금이 어떤 모습이든
부정적인 생각은 멈추자.

당장 '내 장점을 보고 자신감을 갖자'고 생각해도

자신감은 쉽게 생기지 않는다.
이미 나의 장점은 나에게 너무 당연한 것이 돼버렸고
지금은 다른 사람의 장점이 더 크게 보이기에.

그럼 나의 자신감을 어떻게 높일까?

*

빵 가게를 하고 싶어 하는 형이 있었다.
집이 너무 가난해
학원에 더 다닐 돈이 없자
책을 보며 혼자 빵 만드는 연습을 했다.

학원에 다니는 친구들과 비교하며
자신의 빵이 더 못하다고 느껴지자
자신감이 계속 낮아졌고

그 낮아진 자신감은
인간관계에까지 영향을 미쳐
어느새 사람들을 피하게 되었다.

자신감은 도미노처럼 연결되어 있다.
한 부분에서 자신감이 무너지면
도미노처럼 다른 부분까지 자신감이 무너진다.

그러다 형은
'나는 왜 할 수 없나?'에서
'나는 지금 무엇을 할 수 있는가?'로
생각을 바꿨다.

우선 자신의 실력이 어느 정도인지 정확히 파악하고
거기에 맞는 이룰 수 있는 목표를 세웠다.

이룰 수 있는 목표는
별 볼 일 없는 아주 작은 목표였다.

"한 달에 하나씩, 새로운 빵 만드는 법을
완벽히 배우고 완성하자."

맨 처음 형의 목표는
당장 빨리 배워 돈을 벌어서
빵 가게를 차리는 것이었다.

지금과 너무 멀리 떨어져 있는 목표는
희망으로 두는 것이 적당하다.

너무 먼 목표는
오히려 성취감도 떨어지고

아무리 노력해도
목표와 나와의 거리엔 변화가 없기에

할 수 없다는 생각에 잠겨
자신감은 시간이 지날수록 낮아진다.

오래달리기 선수는
결승점을 보고 뛰는 것이 아니라
구간을 나누어
당장 도착할 수 있는 목적지를 먼저 정하고 뛴다.

그 목적지에 도착할 때마다
새로운 성취감과 희망, 자신감, 보람이라는
돈으로 살 수 없는 에너지를 얻기에.

10년이 지난 지금 형은 자신의 분야에서
누구에게도 뒤지지 않는 사람이 되었다.

형이 자신감을 되찾은 방법은
지금 당장 할 수 있는
아주 작은 성취를 징검다리처럼 이어간 것이다.

*

당신도 자신감이 낮아졌다면
'나는 왜 할 수 없나?'란 질문은 그만 멈추고
'나는 지금 무엇을 할 수 있나?'란 질문으로 바꿔보자.

자신의 실력을 정확히 묻고
거기서 아주 작은 목표를 세워 시작한다면
시간은 당신을 분명 성장시켜줄 것이다.

처음부터 너무 완성된 모습이나
나보다 앞선 사람들만 생각한다면
결국 나는 열심히 하면서도
나를 계속 미워하게 되고 자신감을 잃게 된다.

열심히 했다면 그다음 할 일은
열심히 한 자신을 스스로 한번 안아주는 것이다.
이것이 반복되어야
건강한 성장을 할 수 있다.

성장을 위해
채찍만 휘두른다면
실력은 향상될지라도 자신감은 계속 낮아진다.

성과가 있든 없든 늘 불안해지고
쫓기듯 숨이 턱에 차고

그러다 스스로에게 지쳐
결국 해낼 수 있는 일도
포기하게 될지 모른다.

정말 하고 싶은 일이지만
지금 내 실력으로 할 수 없다면
과감히 포기할 줄도 알아야 한다.

포기는 끝이 아니라
새로운 시작이기도 하니까.

내 실력보다 아주 조금 높거나
내 실력과 비슷한 일을 목표로 삼자.

작더라도 거기서 성취하고
치열하게 노력하고
또 그다음 작은 목표를 세우고 성취하고

그렇게 이어나간다면
훗날 당신은 당신이 원하는 모습에 도착하거나
그 이상으로 성장할 것이다.

그 작은 성취가 모여 훗날 당신이
"나는 뭐든 할 수 있는 사람이야"라고 말할 수 있는

아무것도 아닌 지금은 없다

대단한 자신감을 얻게 될 것이라 믿는다.

절대 가만히 앉아서
생각만으로는 자신감을 얻을 수 없다.

모래알이 쌓이고 쌓이면 사막이 되고
물 한 방울이 모이고 모이면 바다가 되는 것은
그 누구도 부정할 수 없다.

대단한 것은 원래 모두 작게 시작된다는 것이
세상의 이치기에.

당신은 지금 단지
성공한 누군가의 시작과 같은 모습일 뿐이다.

완벽한 시작을 기다리지 말고
부족하지만 작은 시작으로 나아갈 수 있다면
그걸로 충분하다.

○　　자신보다 높은 무언가를 만난다고
　　　자신감을 잃지 말자

　　　우리의 높이는
　　　　　아직 계속 지어지는 중이다

나의 삶은
나를 위해
존재하는 것

지금 하고 싶은 게 있다면
하면 됩니다.

잘할 수 없을까 봐 틀릴까 봐 걱정이 되면
안 하면 됩니다.

잘할 수 없을까 봐 틀릴까 봐 걱정은 되지만
그래도 하고 싶다면 하면 됩니다.

그런데 잘할 수 없을까 봐 틀릴까 봐
걱정도 되고 하고도 싶고
어떻게 하는 게 좋을지 모르겠으면
내가 좋을 것 같은 걸 하면 됩니다.

무엇을 좋아하게 될지 모르는 건

당연한 겁니다.
해보지 않았기 때문입니다.

그럼 내가 좋아하게 될 것 같은 걸 어떻게 선택할까요?

머릿속으로 조금 더 나은 걸 선택하면 됩니다.

선택하지 못하는 이유는
첫째, 선택에 내가 없고
계속 다른 사람의 시선과 생각이 들어가기 때문입니다.

다른 사람의 시선과 생각은 중요하지 않습니다.
내 시선과 생각이 중요합니다.

왜냐면 다른 사람은
나만큼 나를 잘 모르기 때문입니다.
나를 가장 잘 아는 내가
좋아할 것이 무엇인지 제일 잘 압니다.

나에 대한 전문가는 나입니다.

둘째, 모든 것이 완벽한 행복을
선택하려고 하기 때문입니다.

예를 들어 회사에 다니다가
횟집을 차리고 싶은데
이때 잘할 수 없을까 봐 걱정이라면
회사에 다니면 됩니다.
회사 다니는 게 싫다면 횟집을 차리면 됩니다.

하지만 횟집도 차리고 싶고
사업 성공도 보장된 선택지를
행복이라 생각하기에
선택하지 못하는 것입니다.

그런 완벽한 행복, 완벽한 선택지는
세상에 없습니다.

두 개의 선택지 중
더 나은 최선의 행복을 선택하는 것이고
그 선택을 완벽한 선택지로 만들어가는,
노력하는 시간만이 내 인생에 있습니다.

이렇게 나를 기준으로 선택해나갈 때
인생을 주체적으로 살게 되고
성과가 있든 없든
분명 주체적으로 살지 않을 때보다
훨씬 더 설레는 삶을 살 수 있습니다.

늦었다고 생각하는
모든 일들은
아직 늦지 않았다

진짜 늦은 건
늦었다 생각하고
영원히 그 일에서 도망치는 것이다.

내 인생에서 가장 빠른 시작은
언제나 오늘이다.

한 번은 30일간, 또 한 번은 37일간
서울 대학로 마로니에 공원에서
'불빛 프로젝트'를 한 적이 있다.

여름에 천막을 치고 사람들을 기다리면
고민을 가진 사람들이 찾아오고
그 사람들의 고민을 듣고
거기에 맞는 위로의 글을 적어드리는 일이었다.

하고 싶은 일에 대한 고민은
크게 세 가지로 나누어졌다.

첫째, 하고 싶은 일이 있지만
어떤 이유로 시작하지 못해 고민.
둘째, 시간이 흘러 그때 시작하지 못한 걸
지금 후회하는 고민.
셋째, 시작했지만 그 일이 생각보다
힘들고 어려워서 고민.

세 번째 고민 같은 경우는
완벽한 해결이 있을 수 없다.

하고 싶은 일을 시작하든 시작하지 않든
어떤 경우에도 생기는 고민이다.
좋아하는 일이든 싫어하는 일이든
어려움은 늘 있기에.

그러나 우리는
첫 번째 고민과 두 번째 고민은 줄여나갈 수 있다.
줄이는 방법은 바로
오늘 하고 싶은 일을 시작하는 것이다.

그럼 당신은 이렇게 말할 것이다.

"저도 하고 싶지만
그 일을 하기 어려운 이런저런 이유들이 있다고요.
그리고 잘할 수 없을까 봐 못하겠어요."

하고 싶은 일이라면
잘하지 못할까 걱정하는 이유 앞에서
돌아서지 않길 바란다.

처음부터 잘하는 일만 하고 산다면
내 인생은 성장할 수 있는 시간을 포기하고
멈추는 것이기에.

평생 내가 원하는, 꿈꾸는 삶은
언제나 현재의 불편 속에 놓아두어야 한다.

기억하자.

당신이 지금 여기까지 올 수 있었던 건
잘하지 못한 일들을
당신 스스로 하나씩 해냈기 때문이라는 걸.

그렇게 해낸 건 특별한 우연이 아닌,
때론 밤을 새우고 걱정하고 애태우고
넘어져도 다시 일어선

아무것도 아닌 지금은 없다

당신의 노력 덕분이었다는 걸.

"어떤 일을 하고 싶어요?"라고 물으면
사람들은 이렇게 말한다.

"세계여행을 하고 싶어요."
"직장을 그만두고 카페를 하고 싶어요."
"작가가 되고 싶어요."
"책을 100권 읽고 싶어요."
"좋은 엄마가 되고 싶어요."

그러나 그 일을 하기에,
하고 싶은 일을 하기에 어려운
이유의 벽은 늘 나타난다.
그 벽이 무섭지만
당신이 진정으로 나아가고 싶다면
그 벽 앞에서 돌아서지 말고 이렇게 외쳐보자.

"그럼에도 불구하고!"

그리고 포기해야 할 이유나
어떤 어려움을 만난다면
다시

"그럼에도 불구하고!"

다시 또 다른 벽을 만난다면

"그럼에도 불구하고!"

그러다 보면 어느 순간
지나온 시간을 뒤돌아봤을 땐
당신의 인생에
'그럼에도 불구하고' 했던 일들만
남아 있을 것이다.

*

초등학교 3학년 때
아버지의 태권도 도장에 가면
아버지에게 혼이 난 또래 친구들이
나를 몰래 괴롭혔다.

너무 무섭고 그만두고 싶었지만
여기서 그만두면 다음에도 도망치게 될까 봐
흰 띠였던 나는 검은 띠까지만 다니자는 마음으로

괴롭힘을 당해도

'그럼에도 불구하고' 도장에 나갔다.

물론 "그럼에도 불구하고"를 외친다고 해서
흰 띠가 검은 띠로는 바뀌지 않았다.

그 대신 포기해야 할 이유 앞에서
"그럼에도 불구하고"를 외칠 때마다
흰 띠에서 노란 띠로, 초록 띠, 파란 띠, 주황 띠…
그리고 마침내 검은 띠를 딸 수 있었다.

당신은 인생에서 무엇을 남기고 싶고
어떤 모습으로 달라지고 싶은가?

"그럼에도 불구하고"를 외친다고
꿈이 현실로 바뀌진 않겠지만
하지 못할 이유 앞에서 그 말을 외치는 순간부터
수많은 꿈을 현실로 바꿔나갈 수 있을 것이다.

오늘의 내 모습으로
할 수 있는 일과 할 수 없는 일을 구분하지 말자.

내일의 나는 오늘의 나보다
분명 더 많은 일을 해낼 수 있는 사람이니까.

○

지나간 시간은 돌아오지 않습니다
그러니 되돌려가며 그만 생각하세요
후회도 남고 미련도 남겠지만
지나간 시간은 어쩔 수 없이 끝난 대신
지나갈 시간은 지금부터 다시
시작할 수 있습니다

생각이 많다는 건
단점일까 장점일까

(재민) 생각이 많다는 건 단점일까요, 장점일까요?

(글배우) 글을 쓸 때 처음 생각은 이렇게 시작해요. '나는 요즘 어떤 고민을 가지고 있나?', '사람들은 어떤 고민을 가지고 있을까?', '이것이 어떤 식으로 문제가 될까?', '해결하기 위한 방법은 무엇일까?'

하나의 글을 쓰는데도 수십 수백 가지 생각을 해요. 물론 힘들지만 이렇게 생각을 충분히 하고 쓴 글은 나중에 스스로 보기에도 후회가 적거든요.

어떤 선택에서도 그런 것 같아요. 항상 최선의 답을 찾기 위해 노력하고 생각하는 것은, 물론 후회가 있을 수도 있지만, 가장 적은 후회를 만드는 최선책이 되기도 하니까요.

'성공'이란 단어를 가지고 10분만 생각하면 몇 가지 방법밖에 떠오르지 않지만 일주일을 생각하면 훨씬 더 많은 방법을 떠올릴 수 있게 돼요. '행복'도 마찬가지에요.

생각이 많다는 건 결코 단점이 아니에요. 우리가 집중하고 싶은 일에 나만의 철학과 신념의 깊이를 만들어주니까요.

하지만 저는 생각이 많아서 힘들어요.

생각이 많아 힘든 게 아니라 생각의 방향이 잘못되어 힘든 거라 생각해요. 스스로에게 한번 물어보세요.
첫째, 있는 그대로 생각하지 않고 작은 상황을 확대해서 해석하고 있진 않은지.
둘째, 아직 일어나지 않은 일을 이미 일어난 것처럼 생각하고 있진 않은지.
셋째, 내가 지금 빠져 있는 생각이 나에게 지금 어떤 도움도 되지 않는데 상대적으로 너무 오래 생각하고 있는 건 아닌지.

세 가지 다 그런 것 같아요. 그럼 어떻게 불필요한 생각에서 빠져나올 수 있죠?

이렇게 질문해보세요. 내 인생을 변화시키기 위해 한 가지 생각에만 집중해야 한다면 나는 지금 무엇을 더 깊이 생각해야 할까?

그걸 잘 모르겠으면요?

그럼 그걸 찾는 생각의 깊이를 만들어보세요. 그 중요도는 오직 본인만이 정할 수 있어요.

한 가지 생각을 정하기 전에 분명히 기억해야 할 건 그 생각의 크기가 곧 내 삶의 크기가 된다는 것이에요.

예를 들어 누군가 나에게 상처 되는 말을 한 일, 내일 회사에 가야 하는데 가기 싫어 걱정되는 일…. 이런 생각만 계속한다면 내 삶은 바뀌지 않아요.

이런 생각에만 나를 가둔다면 10년이 지나도 내 꿈, 성장, 성취에 변화는 없어요. 작은 생각에 자신을 가둬놓고 스스로 더 많은 성장과 변화를 포기하는 거예요.

나의 삶이 변화하길 바란다면 나의 변화를 위해 가장 필요한 생각에 집중해야 해요. 중요한 한 가지에 집중한다는 건 역으로 불필요한 생각을 줄이는 가장 좋은 방법이 되기도 해요.

오늘 하루 고생하셨습니다
당신도 나도

오늘 하루 고생하셨습니다. 당신도, 나도.

내가 정말 이거밖에 안 되나 싶고…
노력만큼 되지 않아 힘들 때.

나는 정말 안 되는 걸까 포기하고 싶지만
포기도 마음대로 할 수 없는 상황이라 더 힘들고

매일 보는 사람들에게는
아무렇지 않은 척 잘하고 있는 척
아무도 모르는 혼자만의 무게를 지고 있는 당신.

오늘도 그랬나요?
그렇게 오늘도 많은 무게를 짊어지고 서 있었나요?

괜찮다고 말하면 거짓말이죠.
괜찮을 리 없으니까.

하나도 괜찮진 않겠지만, 내일도 분명 힘들겠지만
당장은 한숨만 나오겠지만, 포기하고 싶겠지만

속는 셈 치고
잘될 거라 믿어봐요.
그렇게 계속 믿어봐요.

그럼 견뎌낸 힘든 시간들이 모여
나중에는 분명 잘될 거예요.

어떤 꿈이든 당장은 이루어질 수 없어도
이루고 싶은, 그리고 이루어질 꿈을 꾸며

오늘 밤은
편안한 밤 되세요.

오늘 하루도 고생하셨습니다.
당신도, 나도.

에필로그 ———— 239

아무것도 아닌 지금은 없다

2017년 8월 1일 초판 1쇄 | 2024년 7월 26일 118쇄 발행

지은이 글배우
펴낸이 이원주, 최세현 **경영고문** 박시형

기획개발실 강소라, 김유경, 강동욱, 박인애, 류지혜, 이채은, 조아라, 최연서, 고정용, 박현조
마케팅실 양봉호, 양근모, 권금숙, 이도경 **온라인홍보팀** 신하은, 현나래, 최혜빈
디자인실 진미나, 윤민지, 정은예 **디지털콘텐츠팀** 최은정 **해외기획팀** 우정민, 배혜림
경영지원실 홍성택, 강신우, 이윤재, 김현우 **제작팀** 이진영
펴낸곳 (주)쌤앤파커스 **출판신고** 2006년 9월 25일 제406-2006-000210호
주소 서울시 마포구 월드컵북로 396 누리꿈스퀘어 비즈니스타워 18층
전화 02-6712-9800 **팩스** 02-6712-9810 **이메일** info@smpk.kr

© 글배우 (저작권자와 맺은 특약에 따라 검인을 생략합니다)
ISBN 978-89-6570-495-9 (03810)

쌤앤파커스(Sam&Parkers)는 독자 여러분의 책에 관한 아이디어와 원고 투고를 설레는 마음으로 기다리고
있습니다. 책으로 엮기를 원하는 아이디어가 있으신 분은 이메일 book@smpk.kr로 간단한 개요와 취지,
연락처 등을 보내주세요. 머뭇거리지 말고 문을 두드리세요. 길이 열립니다.